集英社オレンジ文庫

夏は終わらない

雲は湧き、光あふれて

須賀しのぶ

本書は書き下ろしです。

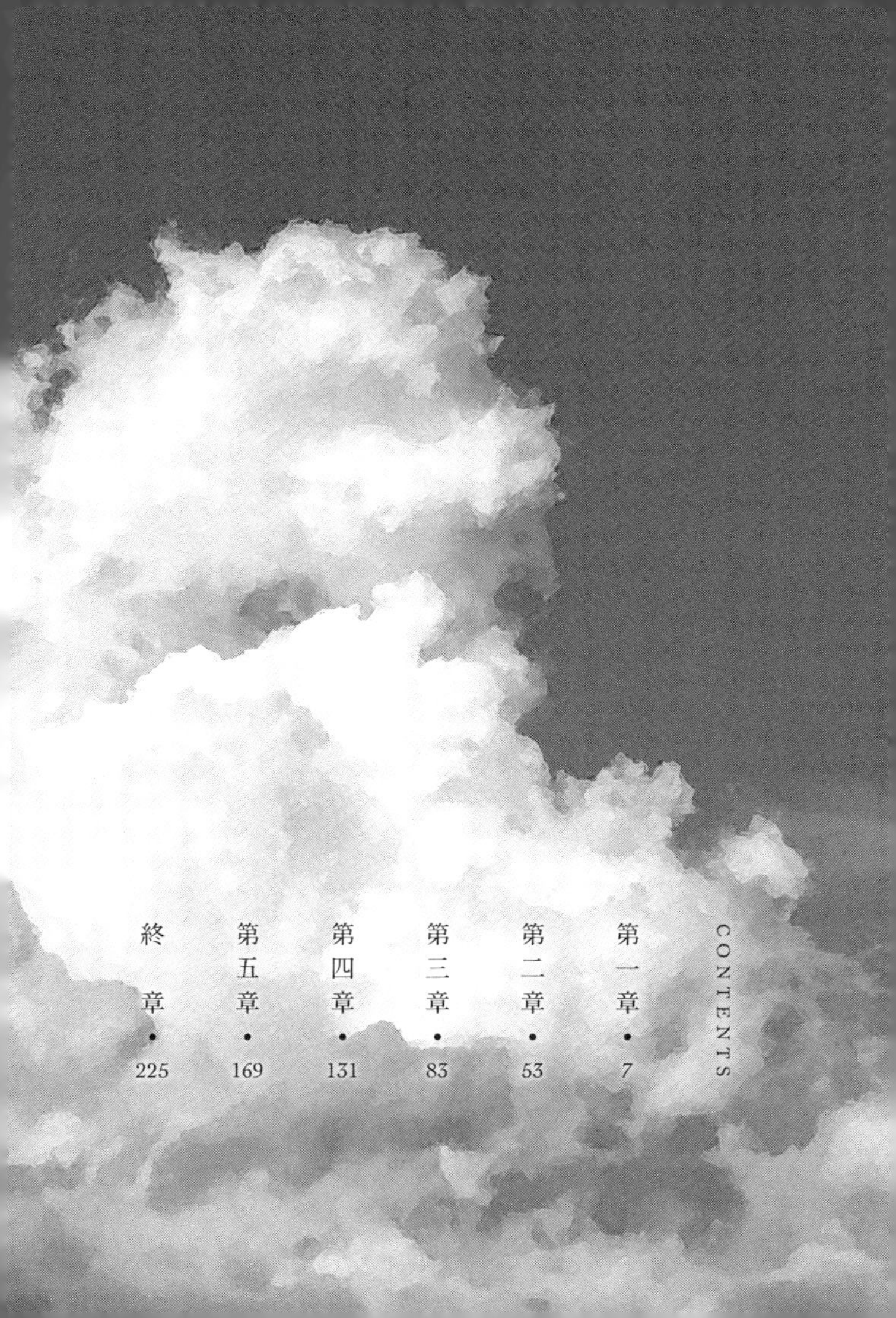

CONTENTS

CHARACTERS

[三ツ木《みつき》高校]万年初戦敗退の弱小校だったが、昨年からにわかに実力をつけ始める。

月谷悠悟《つきたにゆうご》・三年生。昨年から急成長を遂げた左腕エース。本気で甲子園を目指す。

笛吹龍馬《ふえふきりょうま》・三年生。主将兼内野手。実力はトップレベルだが中学時代のトラウマで斜に構えた性格に。

鈴江弘毅《すずえこうき》・二年生。月谷とバッテリーを組む正捕手。月谷の成長に追いつけず悩む。

中村文樹《なかむらふみたつ》・卒業生。前主将で捕手。技術はいまひとつだが明るく練習熱心で、ムードメーカーだった。

瀬川茉莉《せがわまり》・三年生マネージャー。言動は無礼だが常にチームのことを考えている。

若杉庸一《わかすぎよういち》・野球経験のない新米監督。部活動には熱心で生徒からも信頼されている。

[東明《とうめい》学園]甲子園常連の強豪校。

木暮《こぐれ》　景《けい》・三年生。左腕エースで、月谷の幼なじみ。

[蒼天《そうてん》新聞]スポーツ専門の新聞社。

泉《いずみ》　千納《ちな》・入社二年目の女性記者。昨年から月谷と木暮の対決に注目していた。

夏は終わらない

NATSU wa owaranai

雲は湧き、光あふれて

第一章

1

目がかすむ。

荒々しく脈打つ心臓と、自分の呼吸がうるさい。おかげでそれ以外の音が聞こえない。膝《ひざ》が笑う。気をぬけばすぐにでも、へなへなとその場に崩れ落ちてしまうだろう。いっそ倒れられたら楽だろうなぁ、と思う。正直に言えば、倒れてみようとしたことは何度もある。

だが、あと一本。もう一本だけやってみよう。そう思って、一歩を踏み出す。練習はその繰り返しだ。

「声でてねーぞ！　しっかり走れ！」

絶え間なく響くノック音の合間に、主将の笛吹《ふえふき》の声が響く。「っす！」とほうぼうで返事の声があがり、たるみかけていた空気が引き締まる。

三ツ木《みつき》高校野球部は、一名のマネージャーをあわせると、十七名。現在は、一番しんどい内野アメリカンノックの真っ最中だった。

サードからスタートし、セカンド付近にノックされた球を捕り、さらにそのままファースト方向に走ってノックを捕る。そして今度はファーストからセカンド、サードへと同じことを繰り返す。十球続けて捕れれば離脱し、ロングティーに行ける。

この十球が、果てしなく遠い。最初はいい。まだ体が動く。球際捕球の練習が目的なので、ノックはギリギリ捕れるか捕れないかの微妙なところに飛んでくる。最初は捕れるものの、十球はかなり厳しい。続けていくうちに、どんどん捕れなくなっていく。

息が上がり、視界が霞《かす》む。呼吸が整う前に、自分の番がまわってくる。

「お願いします！」

叫ぶと同時に、ファーストからダッシュする。

鋭い打球が飛んできた。ギリギリ捕球できない絶妙な場所。ノックを打っているのは、監督の若杉《わかすぎ》と部長の田中《たなか》だ。まるっきりの初心者だった若杉もこの一年で驚くほどノック技術が向上したが、それよりも驚きは田中である。ユーレイとあだ名されるほど存在感が薄く、授業中も声が後ろの席まで届かないと言われる田中であるが、バットを握るとまさかの鬼だった。

「おらおらしっかり走れや！」

なぜか関西弁まじりの声は、普段の五倍はある。最初に野太いかけ声を聞いた時は誰の声かわからなかったぐらいだ。しかもノックが強く、正確だ。

だが今は感心している場合ではない。

鈴江《すずえ》はダッシュの勢いそのまま、セカンドへ飛び込む。が、ボールはグラブにかすりもせず、無情にもセンターに抜けていった。

それでもすぐに立ち上がり、今度はサード方向へとダッシュする。

「来い！」

再び、打球が飛んでくる。今度は、近い。捕れる！

「あっ」

届いたと思ったが、弾いてしまった。明後日《あさって》の方向に飛んでいくボールを目で追う気力もない。地面に倒れこんだまま動けずにいると、

「早く立て！　次、高津《たかつ》！」

笛吹の声が鞭《むち》のように飛んできた。体じゅうの力をかき集めて起き上がり、サードで折り返しの出番を待つ部員たちの後ろにつく。

どの選手も全身真っ黒で、息が荒い。さきほどまでは、「まじキツー」と苦笑している者もいたが、もう愚痴《ぐち》る元気もないのだろう。みな黙っていて、時々思い出したように、激励《げきれい》の声を出す。

無理もない。内野アメリカンはただでさえきついのに、今日は試合をひとつこなしてき

ている。それも公式戦、春季県大会二回戦。相手は私立の強豪《きょうごう》、大瀬《おおせ》高校。

霞《かすみ》がかった頭の中では今も、マウンドに立つ三ツ木エースが躍動している。手には今も、威力ある速球の感触が残っていた。

＊

マウンドの上で、月谷《つきたに》の体が大きく伸びる。

一度大きくたわんでためられた力が、一気に爆発する。ほんの一瞬の動きなのに、ミットを構えた腕に衝撃が来た。バシン、というより、ズシンとくる。腕の骨を伝って、全身に響く衝撃。腰と下半身でしっかり支えないと、倒れてしまいそうだった。

「ストライク！　バッターアウト！　ゲームセット！」

球審の声が響く。

その瞬間、鈴江は全身から力を抜いた。まだ背骨のあたりに残っていた衝撃が、ふわっと和《やわ》らぐのを感じる。

空振った打者が、不思議そうにミットを見た。なぜそこにボールがおさまっているのだろう、という顔だ。

気持ちはわかる。鈴江は打者に同情した。と同時に、たまらない優越感も覚えるのは、性格が悪いかもと思いつつもしょうがない。

今日の対戦相手である大瀬高校は、強豪と知られる私立である。五年前に女子校から共学に変わり、その時に創立した野球部の躍進が最近めざましく、ここ二年は続けてベスト16入りしている。監督も有名どころを招聘《しょうへい》し、選手もほとんどが県外の出身。充分な施設。恵まれた待遇《たいぐう》。春季県大会の二回戦、しかも相手は昨年の春夏初戦敗退、秋は二回戦敗退の弱小校。ここで負けるとは露とも思っていなかっただろうし、五回コールドまで考えていたかもしれない。

実際、初回は彼らの想定通りだったはずだ。先頭打者は三振《さんしん》、二番にサードゴロを打たせたものの、サードの梅谷がエラーしてセーフとなり、そこから盗塁、バントを決められた。打順は四番。粘った結果、あたりそこねの打球が内野と外野の間に落ち、タイムリーとなった。

いつものパターンならここから大量点。少なくともあと二点はいけるとふんだだろう。しかしその後、月谷《まつたに》は全く隙《すき》を与えなかった。九回投げて四死球ゼロ、被安打二、奪三振六。文句のつけようのない内容だった。

大瀬は明らかに焦っていた。もっともこちらも大瀬のエースはほとんど攻略できていなかったが、焦る大瀬バッテリーから五回二死に四球をもぎとり出塁すると、四番の笛吹が目が覚めるようなホームランを打った。この二点が、決勝点となった。

その後も大瀬は、月谷を打とうともがいていた。後半はとくに、配球をしっかり読んで狙いに来ているのがわかった。

しかし、無駄だった。ずっと球を受けていた鈴江にはわかる。月谷は、試合中にも進化を遂《と》げていた。それは鈴江の体に残る心地よい疲労が証明している。

今日の月谷は凄《すさ》まじい。きっちり低めに集まり、おそろしいほどキレがある。チェンジアップなど落ちすぎて、捕球しそこねた場面もあった。

あれほどのキレならば、打者が狙った通りのコースに球が来ても、打ち損じてしまう。球を受けていて、鈴江は楽しくて仕方がなかった。

「最後すげーいい球でした、月谷さん！」

マウンドに駆け寄ると、ずっと無表情だった月谷の顔に笑みが浮かぶ。

「おーお疲れ。鈴江のおかげだ。さっきの指ひっかかったやつ、投げた瞬間ヤバッて思ったけど、捕ってくれて助かったわ」

何かを言えば、月谷はその倍は褒《ほ》めてくれる。褒めて伸ばすってやつかな、と思いつつも、やはり嬉しかった。

「ナイピ、月谷！」

「また球速あがったんじゃね」

わらわらと集まった選手たちは手を合わせ、軽快な動きで整列する。みな明るい笑顔だ。

「お疲れさん！　いい試合だったぞ、おまえらすごいな！　ベスト16だぞ！　三ツ木史上初だ！」

挨拶《あいさつ》を終えた選手たちを、若杉監督は満面の笑みで迎え入れた。

ベスト16。夢のような響きに、誰もが口許《くちもと》をゆるませる。

万年初戦敗退と言われた三ツ木高校には、まさに奇跡と言っていい成績だ。

「あざっす。けど……ベスト16っつっても春だし、百パー月谷のおかげで俺らなんもしてないし。先取点は完全にミスだし」

喜びに沸く空気に冷や水を浴びせたのは、主将の笛吹だった。一人、厳しい顔をしている。失点のきっかけをつくってしまった梅谷も、小さく肩をすぼめた。

「いやいや、おまえのホームランで勝ったんじゃないか」

「ぶっちゃけまぐれっす。ヤマはってたとこに甘いボールがきたんで」

「それも、四球選んで出塁した梅谷がバッテリーにプレッシャーかけてくれたからだろう。甘い球をきっちり捉えたキャプテンはたいしたもんだが、それも皆の協力あってだ」

強《こわ》ばっていた梅谷の顔がわずかに和《やわ》らぐ。その様を横目で見て、笛吹は「まあそりゃそうっすけど」とつぶやいた。

「反省も大事だが、相手の隙を逃さず逆転して守り切るのは、たいしたものだ。すごいことだぞ」

「そうだよ！　大瀬なんて今までは逆立ちしたって勝てなかったんだから。もう名前だけ聞いてびびっちゃう相手じゃん」

身を乗り出す瀬川《せがわ》の頬《ほお》は、紅潮している。

「スコアつけててあたし感動してたんだからね。みんな、ほんとに強くなってる。ねっ、監督。あたしたちほんとに甲子園行けちゃうかも！」

「それにはまず、次の試合も勝たないとな。次の戸城《としろ》高校も強豪だ。さらにその次は東明だ」

東明の名に、それまでほとんど表情が動かなかった月谷の顔が、ぴくりと動く。

「俺たちは挑戦者だ。とにかく一戦一戦、全力でモノにしていくしかない。帰ったら、今日の課題をふまえて練習だ」

「はい！」

監督の明るい声に、さらに明るく威勢のよい返事が続く。笛吹はまだ難しい顔をしていたが、それでも誰より大きな声で返事をした。

＊

「なのに、なんでこんなしごかれてんだよぉ〜」

倒れ伏した高津が呻《うめ》く。彼は外野手だが、地獄ノックこと内野アメリカンノックは全員強制参加だ。捕手である鈴江も、そして投手である月谷も例外ではない。

「うちは球際が弱すぎる。今日もヤバいところは何度かあった。戸城や東明の打球はもっとヤバいのにこれじゃ話にならない」

帰ってくるなり、笛吹はそう言って、メニューの最後に内野ノックを組み込むよう監督に頼み込んだ。部員たちは青ざめたが、若杉はにやりと笑い、了承した。

「まっ、本気で甲子園に行くならそうだよなぁ」

地獄ノックは、冬のオフシーズンの間に吐くほどやった。普通のアメリカンももちろん同様である。おかげで下半身はだいぶ強化されたとは思う。

だがまさか、春大会で大金星をあげた日までやらされるとは思わなかった。

「おまえらとっとと抜けろよ！　終わんねえだろ！」

早々にノルマを達成した笛吹は、コーチャーよろしく三塁側に立ち、発破《はっぱ》を掛けている。

——正直、ずるくね？

おそらく、部員のほとんどがそう思っているだろう。

ショートをつとめる笛吹は、チームの中でもずば抜けてうまい。監督も、彼にはより難しいノックを打っているようで、すぐに十球達成とはいかなかったが、それでも最初に抜けた。

何度やっても捕れない鈴江からすれば、「そりゃ相手は本職の内野手だし」と愚痴《ぐち》りたいところだが、次に抜けたのはピッチャーの月谷だった。投手、しかも試合で一番疲弊したであろう功労者にまでこなされては、言い訳できない。

ひいひい言いながら走り回り、結局、監督が最後ずいぶん加減してくれたおかげで、どうにか十球捕ることができた。そのころには全員脚が生まれたての子鹿のようになっていて、マネージャーのホイッスルが鳴っても、なかなか立ち上がれなかった。

「まだまだだな」

休憩に入り、へたりこみながらドリンクを飲む部員を見やり、笛吹は仏頂面で言った。

「いやーふっきー、試合後にこれはキツいって。かえって体壊すって！」

洗い場で頭から水をかぶってきた木島《きじま》が、半泣きで抗議する。笛吹と二遊間を守る木島は、チームの中で一番彼と仲が良い。笛吹に冗談まじりにでも抗議できる人間はかぎられているので、鈴江たちは「もっと言ってくれ」と心の中で猛烈に木島を応援した。

しかし笛吹は、くだらないと言いたげに鼻を鳴らした。

「鉄は熱いうちに打て、だろ。大瀬の打球の感覚覚えてるうちにやりたかったんだよ。監督も加減して打ってくれてるし、この程度で故障はしねぇよ。冬、あれだけ鍛えただろ」

「そりゃそうだけどさー」

「今でも全然スタミナ足りない。大瀬相手にはなんとか集中力がもったけど、本当にヤバい奴らとの試合が続くのはベスト16からだろ。おまえら、ここでへばってて、夏マジで決勝までもつと思うか」

笛吹は凄《すご》むようにして、周囲を見回した。返事はない。木島もなんともいえぬ表情のまま、黙っていた。

「そういうわけだ。最低限、全員俺レベルにはなってもらう。最初にそう言ったよな？　じゃ、最後走るぞー」

すっかり暮れた空に、うげえ、と蛙が潰れたような悲鳴があがった。

2

ようやく帰路につけたのは、六時過ぎだった。

ゴールデンウィーク初日の第一試合で、朝七時前には学校に集合したため、十二時間近く外にいたことになる。

「まいった。ここまでキツいとかサギだわー」

電車の扉に背中を預け、高津《たかつ》は大きくあくびをした。

入学時に同じクラスだった彼は、最寄り駅もひとつ違いということもあって、何かとつるむことが多い。朝練の時もたいてい電車が一緒になるし、帰りも一緒だ。

「練習は去年からエグかったけど、最近ちょっと度が過ぎてんだろ。こうなるってわかってたら野球部入ってなかったわ、俺」

嘆《なげ》く高津は、外野手だ。一六八センチの鈴江《すずえ》より目線は十センチ近く上で、部内でも大柄なほうだ。足が速く、打つほうも馬力があるので当たれば飛ぶ。が、守備や走塁はイマイチで、昨年はエラーを量産していた。冬の間に猛特訓を受けてだいぶ改善されてはいたが、鈴江から見ると試合中も集中していないことが多いように感じる。試合中に指示を出しても、見ていないことがあるのは困る。

「でも、ここまでやったから大瀬にも勝てたんだし。強くなってるって実感できるのは、やっぱ嬉しいよ」

「にしても程度があるだろ。もっと外野の守備練とか、打撃向上とかあるだろ。なんで俺らが内野ノック受けなきゃなんないわけ？　オフシーズンにやったのはまあ理解できるけどさ、今もうそういう時期じゃないし。弘毅《こうき》そう思わん？」

今日の特訓で一番しごかれていただけあって、高津の愚痴は止まらない。

「たしかに、キャッチングの練習はもっとしたかったかな。月谷さん、一試合ごとにヤバいぐらい球が変わってるから。今日も逸《そ》らすかと思ったのがいくつかあった」

「だろー。せっかくピッチングマシンもあるしなぁ。なのにそれは朝練でやれ、で終わりだもんな」

去年までは三ツ木《みつき》高校野球部にピッチングマシンは存在しなかった。他の運動部と共同でグラウンドを使っていることもあり、危険だし必要ないとのことだったようだが、必要ないわけはない。と、若杉《わかすぎ》監督と田中《たなか》部長が連日訴えて、やっと予算が下りたという。

春休み中、ピッチングマシンが到着した時は、野球部はお祭り状態だった。お世辞《せじ》にも高性能のものではないが、みな感激と愛情をもって撫《な》でまくった。熱いハグをしている者もいた。

今までは必ず打撃練習には誰かが投げなければならなかったので、遅ればせながらのマシンの導入は大いに役立った。朝は比較的グラウンドが空いているので、みな嬉々としてマシンを引っ張り出し、校舎との境に張ったネットに向かってガンガンに打っている。

おかげで多少は打撃も上向いた——ような気はする。

そして放課後の練習では、守備練の時間は鈴江が主に使わせてもらっていた。ストレートに変化球、次第に距離を詰めつつ、納得いくまで球を受ける。去年まではマネージャーに至近距離からひたすら球を放ってもらっていたことを考えると、大きな進歩だし、マネージャーも助かるだろう。

今日も試合から帰ってきてすぐに取りかかったが、予定より早く切り上げさせられて、あの地獄に放り込まれてしまった。

「まったく、あんなん試合後にやることじゃねーだろ。つか、わかちーも取り入れるなっての」

毎日の練習は、主将が意見をとりまとめて監督と相談した上で決めることになっている。若杉があっさり笛吹の提言に乗ったということは、彼も思うところがあったということなのだろう。鈴江は、ぱんぱんにはっている腿《もも》を軽くたたいた。

って」

「でも、下半身が弱いってことは実感したし。それに東明《とうめい》とか、負けると球場から学校まで走って帰らせられるって言うじゃん。そんで帰ってからの特訓もマジ地獄でみんな吐くって」

「いやいや、うちは大瀬に勝ったからな？　なんで刑罰的なことさせられてんのって話よ。東明とかはそれこそ小学生からガチでやって来てる連中ばっかだし、そんなの覚悟で入ってきてんだからいいんだよ。けどそういう奴ら相手にして、今から俺らがいくら必死にやったって追っつくわけないのに、甲子園とかマジで言ってんの？　って感じなんですけど。あーあ、中村《なかむら》さんの時代が懐かしいわ。」

前主将の名を聞いた途端、丸い笑顔が脳裏《のうり》に浮かんだ。つられるように、鈴江も微笑《ほほえ》む。

「中村さんかあ。今は日曜しか野球できないって嘆いてたなあ」

キャッチャーマスクをとって、よく通る声で指示を出す。練習中も、試合中も、彼の態度はいつも変わらなかった。

それがどんなに凄いことだったか、いま自分が正捕手になってみて厭《いや》というほど実感している。疲れてくると、どうしても声が出なくなる。笛吹《ふえふき》に発破《はっぱ》をかけられれば反射的に声は出るが、続かない。

「日曜だけとか夢みてーだわ。ったく、フツーの部活動でいいんだよフツーで。最近、朝起きるの憂鬱でさぁ」

電車の速度が落ち、窓の外にホームの明るい灯りがあらわれる。高津は扉から背を離すと、床に置いていたバッグを面倒くさそうに肩にかけた。

電車が着き、扉が開く。ひんやりした空気が、車輌の中に忍び込む。

「んじゃ明日ー」

「ストレッチしろよー」

「たぶん速効で寝るわ」

高津はひらひらと右手をふって、ホームに降りていった。

扉が閉まる。今度は鈴江が、扉に背を預けて嘆息《たんそく》した。

「そっかキャッチャーか！　すごく嬉しいよ、がんばろう！」

昨年の春、見学の時に「キャッチャー志望です」と鈴江が言った時、中村は丸い顔いっぱいに笑みをたたえて歓迎してくれた。

三年生は二人しかおらず、マネージャー含めて六名の二年生の中にはなんとキャッチャーがいない（去年まではいたがやめたらしい）からこその大歓迎だとすぐ知れたが、鈴江としてはどうにも気まずかった。

なにしろ、鈴江弘毅が野球を始めたのは中学生になってからだし、キャッチャーはまだ一年程度。歓迎されるレベルではないという自覚はある。

もともと家でゲームや読書をしているほうが好きだったし、よく皆でテレビの前で白熱しているような家族だったので、スポーツをやるという発想がなかった。仲が良い幼なじみと一緒にスイミングスクールに通っていたぐらいだ。

ただ、中学では必ず部活動に入らなければならなかったので、一番ゆるそうなところに入るつもりだった。その結果が、野球部である。

さらに、鈴江が通学することになった原《はら》中サッカー部は強豪《きょうごう》で知られている。グラウンドは常に彼ら最優先ということもあって、野外の運動部はだいぶ割を食い、とくに野球部はろくに練習もできずに非常に弱いという話だった。練習が毎日ではないという点は非常にポイントが高かった。

ただ、彼は凝《こ》り性だった。一度始めたことは、それなりに集中して取り組む。はじめはキャッチボールもままならないところから始まったが、ぼちぼち野球中継などもまともに見るようになって、気がついた。

——野球って、けっこう面白いんじゃないか?

ルールを知れば知るほど、胸が高鳴った。

これはゲームだ。

もちろん運動能力があるに越したことはないし、瞬時の判断力も必要だ。だが心理戦や、先の先を読み、「詰み」に向けて駒を進めていくことによって、その能力の差をひっくり返すこともできる。わくわくした。

最初はキャッチボールも満足にできなかったが、ひとつできるようになると嬉しくて、また次、さらに次の難所を越えたいと貪欲《どんよく》になり、おかげで成長は早かった。

夏からはさまざまなポジションで試合にも出るようになり、二年の秋からは希望してキャッチャーにおさまった。さまざまな本を読みあさり、限られた場所でもできる効果的な練習を次々試してみたりもした。はじめて変化球が捕れた時には嬉しくてミットを抱いて寝たし、試合で相手の裏を掻いてはじめて三振《さんしん》を取った時は、ひとりアイス祭りを開催して腹を壊した。

そのころにはプロ野球中継はもちろん、春夏の甲子園も観るようになった。地区予選にも足を運んだ。

それでも三ツ木で野球部に入ったのは、あくまでゲームの延長といった感覚だった。いろいろ試しつつ、面白おかしく三年過ごせればいい。甲子園に憧れはあるとは言っても、観光名所と同じような認識だったと思う。

それが変わったのは、昨年夏の地区予選だ。

中村のくじ運は最悪で、初戦でいきなり王者・東明とあたることになり、部員はみな爆笑していた。中村にいたっては、満面の笑みでガッツポーズをしていて、それがますます笑いを誘った。

それから試合当日までは、どことなく熱に浮かされたような空気が漂っていた。どう逆立ちしても勝てるわけはない相手にめためたにやられるのは格好悪くてイヤだという者もいたが、大勢を占《し》めていたのは、

「こんな時でなければ、東明と試合なんてできない。キャプテンの豪運に感謝して、全力で楽しもう」

監督が言ったとおりの、期待の念だった。

鈴江も、単純にわくわくしていた。スタメンマスクは中村がかぶるだろうが、それが悔《くや》しいという思いは全《まった》くない。東明と試合はしてみたいが、自分がマスクをかぶって、目の前で東明にボコボコ打たれるのはさすがに気が重い。だからベンチからじっくり観察し、あわよくば途中からファースト守備や、なんなら代打でこの特別なお祭りに参加できたらなぁという都合のよいことを考えていた。

いざ蓋を開けてみると、月谷と中村のバッテリーは、東明打線を四回までほぼ完璧《かんぺき》に抑

えた。東明の選手たちの焦りが、ベンチからもはっきりわかるほどだった。三ツ木側のボルテージは最高潮になったが、鈴江はもう初回の時点でくらくらしていた。

一回表の東明エース木暮《こぐれ》の投球を、その裏で月谷《つきたに》が全く同じようになぞったのに、いち早く気づいたからだ。

なんという度胸。なんという技術。埼玉《さいたま》の王者相手に堂々とやってのける月谷にも、そしてそれを完璧に受け止めた中村にも度肝《どぎも》を抜かれた。

一回裏のイニングを終えてベンチに帰ってきた時の二人は、とても楽しそうだった。中村も月谷もよく笑う人間だが、あんなに嬉しそうにしているところは見たことがなかった。

この人たちは、東明相手に全く負けてない。それどころか、本気で楽しんでいる。当たって砕《くだ》けろ、なんかじゃない。ちゃんと対等に勝負をしている。そしてそのための準備をきちんとしてきている。

そう思ったとき、体に電流が走るような感覚を覚えた。

こんな試合でマスクをかぶりたくないと思った自分が恥ずかしかった。と同時に、自分がベンチにいることが悔しくてならなかった。

正直に言えば、この瞬間まで、中村を侮《あなど》る気持ちがどこかにあった。真面目《まじめ》で公平で、いつも皆を笑顔で励《はげ》ましているところは尊敬していたが、キャッチャーとしては、中学から始めた自分より下なんじゃないか、と見なしていた。

肩はいいが、キャッチングはお世辞《せじ》にもうまいとは言えず、月谷の球をしょっちゅう逸《そ》らしていた。あれじゃ月谷さんも投げづらくてかわいそうだと二年生エースにひそかに同情していたし、実際にチーム内では、鈴江を正捕手にしたほうがマシではないかという空気もあった。

だが、それはありえないと鈴江は悟った。

自分だったら、まずこの空気に負けている。木暮のコピーをやると言い出したのがどちらかは知らないが、自分ならば頭が真っ白になって、何もわからない状態でミットを構えることしかできなかっただろう。月谷と二人で東明に立ち向かうのではなく、月谷ひとりに重荷を負わせ、ただ壁としてそこにいることしかできなかったにちがいなかった。

「最高の試合だった。人生で一番楽しかった。本当にありがとう」

試合は結局コールド負けを喫《きっ》したが、中村は晴れ晴れとした顔で笑った。

そして、この試合を最後に引退する主将を前に、月谷はたしかに言ったのだ。

「来年は東明を破って、甲子園に行きますよ」

皆、冗談だと思った。月谷は笑っていたし、先輩を送るための餞《はなむけ》だと誰もが思っただろう。

鈴江にはわかった。月谷はまちがいなく本気だと。中村もわかったのだろう。おう絶対だぞ、と目を潤ませながらも不敵に笑っていた。


しかしそのわずか一時間後には、中村はひどく沈んだ顔をしていた。

「月谷に、好きなように投げさせてやってくれ。俺は、迷惑ばかりかけたから」

とつとつと語る声は、ともすると、手元でひっきりなしにあがる水音にかき消されてしまう。最後だからと、中村は二年半使い続けたキャッチャーのプロテクターを丁寧《ていねい》に洗っているところだった。


野球部に捕手用のプロテクターは二つあり、ひとつは昔からあるものでかなり古い。もうひとつは二年前に買ったらしくずいぶんと軽かった。普通ならば上級生の中村が新しいほうを使うのだろうが、それを鈴江にゆずり、中村はずっと旧式の防具を使い続けた。

「俺は最後まで、月谷の変化球に対応できなかった。ランナーが三塁にいる時なんかは、あいつは低めの変化球は投げなかった。月谷はほとんど首を振らないし、俺がチェンジアップのサインを出せば投げただろうけど、結局俺は怖くてあいつに無理を強《し》いるほうを選んだんだ。鈴江とバッテリーを組んでいたら、月谷はもっとのびのび投げられたかもな。そうしたら、東明にも勝てたかもしれない」

「まさか。今日の試合は、絶対に中村さんじゃなきゃ無理でした。俺だったらもう東明ってだけで頭まっしろになって体かたまって、使い物にならなかったです」

勢い込んで鈴江は言った。

「今日、中村さんと月谷さん、めっちゃ楽しそうだったじゃないですか。二人で今日の配球、全部考えてきたんでしょう。それに、今日は月谷さん、まちがいなく全力で投げてたように見えました。中村さんのこと信頼して投げてるってわかるかんじで」

必死に語る後輩を、中村は目を細めて見返した。

「ありがとう。鈴江はやさしいなぁ」

「そういうんじゃないです！　三島とかも言ってましたけど、中村さんは絶対にミット動かさないから、めちゃくちゃ投げやすいって言ってました。動かさないのってすごく難しいけど、投手から見たら最高に投げやすいじゃないですか。とくに今日みたいな試合だったら、中村さんマスクで投手的にすごくありがたかったと思います」

難球がなかなか捕れないという点はあるものの、鈴江が中村を捕手として尊敬している最大の点は、ミットを流さないことだ。一度構えたら、球を捕るまで本当に動かさない。

鈴江はどうしても流れてしまう。入学したころは、まず筋肉が足りなすぎて、中学時代と同じように、構えた肘《ひじ》を膝《ひざ》で支えていた。根気よく中村が指導してくれたおかげで今ではだいぶ改善されたが、それでも九回フルでマスクを被《かぶ》ると腕が死にそうになる。

「動かさない、かぁ。たしかにそこは気をつけていたところではあったけど、こだわりすぎたところはあったかもな。もっと臨機応変にやっていくべきだった。動かなくても的が小さかったら意味ないいんだし」

中村は苦笑した。

「俺たちが球を捕れないと、日本ではだいたい暴投《ワイルドピッチ》になるだろ。もちろん捕逸《パスボール》もあるけど、やっぱ記録では暴投のほうが多くなる。そんなん投げる投手が悪い、って。でも、大リーグだと、とにかく捕れない捕手が悪いってことになるんだってさ」

「そうなんですか」

中村は日本のプロ野球も見るもののなんといっても大リーグが一番好きらしく、よく海の向こうの話をしていた。

アメリカではミットを動かすことが嫌われるとか、それゆえに頻繁にミットを動かす日本の捕手はとらないのだとか、今も大リーグには詳しくはないので真偽はわからないものの、中村の言動やキャッチャーとしての姿勢を見ているとなるほどと納得することが多かった。

対して鈴江のほうは、結構ミットを動かす。構えて、いったん下に向けてまた構える夕イプだ。そのほうがタイミングがとりやすく、再び構えた時にぴたりとミットをとめやすい。必然的にキャッチングは向上する。捕手から言えば、動かすほうが圧倒的に捕りやすいと思う。

中村は、鈴江のやりかたには口を出さなかった。鈴江ももちろん、口出ししなかった。ただ部長の田中が一度だけ、中村にアドバイスをしていたことはある。構えは変えなくてもいいが、もっと柔らかく、と言っていたような気がする。

「それぐらいの心構えでなきゃ、ほんとはキャッチャーなんてやっちゃいけないんだろうな。俺、いつも投手が一番いいようにって思ってたのに、結局は俺が相手に制限かけてたんだ。気がついても、夏まで短いしどうしていいかわかんなくて、あと少し、あと少しってしがみついて、監督やみんなの厚意に甘えてきた。月谷はとにかくコントロールがいいから、少しでも審判から見て有利になるように——それこそ今言ったミットを流さないとか、審判に見えやすいようにとにかく腰を低く保って、あと人一倍礼儀《れいぎ》正しくして話しかけて少しでも心証をよくしようとか……そんなことばっかやってた」

「ぜんぶ大事なことじゃないですか」

「うん、そうなんだけど。でもそれは、ちゃんと他のことができてこそだ。捕手はともかくキャッチングなのに」

中村はまっすぐ鈴江を見た。

「おまえは俺よりずっとうまい。鈴江見てて、自分がほんと頭でっかちだったんだなって気がついたよ。ありがとう」

感謝の言葉とともに深々とさげられた坊主頭《ぼうずあたま》。

今もあのシーンは妙に記憶に残っている。夕日に照らされたつむじを見た時に、胸が痛くて仕方がなかった。

いい主将だった。それは間違いない。彼がいた時代、もちろん全くの不満が出なかったといえば嘘になるが、チームはよくまとまっていたと思う。笛吹は「みんなでキツいことから逃げてればそりゃそうだろ」と毒づいていたが、決してそんなことはなかった。少なくとも春大会から夏にかけては、みな熱心に練習に打ち込んでいた。

今は、たしかにあの時よりはるかに練習しているし、実際に成果も表れている。しかし不満も多い。どことなくギスギスしている。

強くなるというのは、こういうことなのだろうか。

ただ、どんなに不満があろうとも、試合に勝てば一気に吹き飛ぶ。それぐらい、勝利とはとんでもないことなのだ。

しかしその後ですぐ、こんなところで満足するなとはたかれる。果てがない。

『甲子園とかマジで言ってんの？　って感じなんですけど』

高津の言うことも、理解できる。

だが、とにもかくにも今のチームは主力は三年生。不満があろうが、ついていくしかない。

チームがまとまっていくには、ただひとつ。

このまま勝ち続けていくほかない。

3

常に勝ち続ける、と聞いて県内の球児がまっさきに思い浮かべるのは、まちがいなく東《とう》明《めい》学園だろう。

前世紀からその地位はほぼ不動といってよく、近年は他の私立や古豪に王座を譲《ゆず》ることもたまにあるが、それらの学校もほぼ「打倒東明」を目標に掲げてくるあたり、やはり王者といえば東明なのだ。

その王者の戦いを、鈴江《すずえ》は息を呑《の》んで見つめていた。

春ベスト8をめぐる戦いである。

この日、県営大宮球場では第一試合が大慈《だいじ》学院と広栄《こうえい》学園という、夏にはだいたいベスト8に入ってくる私立の強豪《きょうごう》がぶつかり、第二試合は東明学園と羽埜《はの》高校という甲子園《こうしえん》常連校と過去に甲子園出場経験をもつ公立の古豪が対決、そして第三試合が三ツ木《みつき》と戸城《としろ》という組み合わせが決まっている。

ゴールデンウィーク中、注目の対決が並ぶとあって、球場は満員だった。第一試合は熱戦のすえ4─3で広栄が制し、現在は第二試合九回表、東明の攻撃中だ。スコアは1─3、東明リード。現在、二死二塁。東明の打順は六番。

次の試合を控えている三ツ木野球部は外でのアップを終え、東明ベンチ横の待機場所から試合を見ている。

「東明も強いけど、羽埜もすげぇな」

鈴江の隣で、高津が感心した様子で唸った。彼らがグラウンド入りしたのは八回の裏だったが、久々に目の前で見る東明打線の威力は半端なかった。先日の大瀬も打球が強いと思ったが、レベルが違う。

内野陣はみな青ざめていた。先日、笛吹《ふえふき》に抗議をしていた木島《きじま》も「あんなんムリ、捕れへんって」となぜか関西弁でヒいていた。木島は昨年夏の地区予選時には野球部から離れていたため、グラウンドレベルで東明の打球を見るのはこれが初めてだった。

その東明の攻撃を、羽埜高校はじつによくしのいでいる。恐ろしい速さのゴロを幾度も捌《さば》く内野陣、フェンスぎりぎりの大飛球をキャッチして観客を沸かせた外野手たち。投手もコントロールよく、東明をよく抑えている。東明を徹底的に研究した上で、入念に準備している様がうかがえた。

それでも三点とる東明はたいしたものだが、いったい自分たちなら何点とられているだろう。皆、背中に冷たい汗を流しながら試合を見ていた。

鈴江は、ちらりと月谷《つきたに》を見た。

横顔にはなんの表情も浮かんでいない。眼鏡《めがね》の奥の目は、ただまっすぐにグラウンドに向けられている。

(今年の月谷さんならこの打線、止められるんだろうか)

大瀬戦で、球がぐんと伸びるようになったと感じたが、好調は今も維持している。昨年夏に四回までもったなら、今年はどうだろう。

抜群《ばつぐん》のコントロールと豊富な変化球で打たせてとるタイプの投手だ。しかし東明のゴロは強い。笛吹が、大瀬戦勝利でいっそう守備練に力を入れた理由を、今、誰もが痛いほど理解しているだろう。

彼の言う通り、ここから上は本当にレベルが違う。異世界だ。頭ではわかっていたつもりだったが、やはりどこかで慢心していたと思う。

ベスト16から確実に勝とうと思うなら、それこそ月谷は極力三振《さんしん》を狙っていくしかないが、あまりに消耗《しょうもう》するし、第一現実的ではない。しかし月谷は、必要とあらばそれをするのだろう。

鈴江は唾《つば》を飲み込んだ。甲子園へ行くということは、現実的ではないこともしなければかなわない奇跡だということだ。そして監督たちは、月谷の負担を少しでも減らそうとしているのだろう。笛吹は、主将に就任する時に言った。

「おまえらが少なくとも俺レベルにならないと月谷が死ぬ」

本当にそうだ。

今日の試合も、少しでも月谷の負担を軽くしなければならない。戸城にも怖い強打者がいるが、今まで何度か当たっているので大体の傾向はわかっている。特に縦の変化球には対応できていない。むろん戸城側も対策は練っているだろうが、あのチェンジアップはそうそう打たれないだろう。塁に出るとすぐ走ってくるのが難点だが、とにかくホームベースを踏ませなければいい。

歓声があがった。

視界を打球が横切る。二塁のランナーはもう、三塁を蹴《け》っていた。素晴らしいスタートダッシュ、そして俊足。打球も選手の動きも、何もかもが速い。鍛え上げられた者がもつ機能美にただただ目を瞠《みは》るほかなかった。

このタイムリーツーベースを皮切りに、東明は一挙四点をあげた。

そして六点ビハインドの羽埜、最後の攻撃が始まる。スタンドからは吹奏楽《すいそうがく》と、二十を超える野球部員たちの大歓声。それをものともせずに悠々とマウンドに向かうのは、東明のエース木暮《こぐれ》だ。

鈴江は再び、月谷を見た。横顔は静かなままだったが、眼鏡の奥の目は鋭く細められていた。

＊

第二試合が7―1で東明勝利に終わると、観客席は一気に空いた。

戸城高校は歴史ある名門校で、さすがに学校関係者が占める一塁側スタンドの一角は賑やかだったが、全体的にはずいぶん空席が目立つ。

三塁側のスタンドはもっと寂しい。吹奏楽もいなければ、応援する部員もいない。監督や部長が吹奏楽部に交渉したらしいが、「今は定期演奏会が終わったばかりだから休ませたい」と断られたらしい。

鈴江の母は観に来るとは言っていたが、ここからではわからない。ただ、ベスト16になったことで保護者たちもにわかに盛り上がり、夏までにはお揃《そろ》いのTシャツをつくることに決まったそうだ。わりと恥ずかしいのでやめてほしいが、生徒たちも来てくれるならそれもいいかもしれない。やはりスタンドに自分たちの味方とわかる集団がいるのは心強いだろう。

シートノックを終え、総出でグラウンド整備。なじみ深いサイレンの音とともに、試合開始となった。

先攻は三ツ木。先頭打者の高津は「しゃっす！」ととびきり威勢のいい声をあげて、打席に入る。

――戸城の投手は初球はほぼ確実にストライクをとってくる。高低の差はあれど、だいたい外。

先日のミーティングで決まった早打ちの方針に忠実に、高津はいきなりひっぱたいた。が、本当にただひっぱたいただけだった。

地面にたたきつけられたボールはすぐ力を失い、転がっていく。ショートが飛び出してあっさりと捕球する。しかし握りきれていなかったのか、送球にもたついた。たたきつけた時点で全力疾走していた高津は、ぎりぎりセーフで一塁に到達する。

高津は小さく両の拳を握った。よほどのことがないと注意はされないが、いちおうガッツポーズは禁止である。まして、まだ試合は始まったばかり。しかし許されるなら雄叫びでもあげたかったことだろう。なにしろ彼にとって、これが高校初ヒットなのだ。

「いいぞ高津！　ナイスバッティン！」

鈴江は祝福をこめて叫んだ。高津がこちらを見て、嬉しそうに手をあげる。

彼の気合が伝播《でんぱ》したのか、その後もうまく攻撃がはまった。

二番の梅谷がバントで送って一死二塁、三番・木島が四球を選び、四番・笛吹がタイムリーツーベースを放つという、まったくセオリー通り、美しい形で先制点を奪った。さらに続く月谷が、これまた初球で犠牲《ぎせい》フライをあげ、あっさり追加点をいれる。

初回に二点以上とるのは初めてだ。これが勢いというやつなのだろうか。三ツ木ベンチは沸きに沸いた。前回の試合よりもさらに、手応えを感じる。

その手応えは、裏に入る前の投球練習で、ますます強固なものになった。月谷は好調だ。練習やブルペンでは好調でもいざマウンドに立つと乱れる投手は珍しくないが、月谷は全《まった》く変わらない。むしろ、本番のほうがいい。

　先頭打者への初球は、戸城の投手と同じく外の速球。高めだ。

　その伸びのある一球で、この試合に残った者たちは幸せだと鈴江は確信した。

「ストライク！　バッターアウト！」

　審判の声が響く。戸城の打者は悔《くや》しげに顔を歪ませ、去っていく。歓声が凄《すご》い。三塁側よりも、鈴江の背後——バックネットから感嘆《かんたん》の声が聞こえる。

　さきほどから奪三振ショーが続いている。初回から戸城打線をテンポよく翻弄《ほんろう》してきた上に、この四・五回にいたっては六人連続三振に打ち取った。

「いいぞ月谷！」

「俺はコイツはやると去年から思ってたんだよ！」

　喝采《かっさい》が耳に心地よい。次の打者もあっさり三振に取ってチェンジとなると、ベンチへの帰り際に近づいてきた笛吹が毒づいた。

「ったく気持ちよく投げやがって。もう少しこっち寄越せよ。せっかく戸城の打球受けるチャンスなのに」

「なんか空ぶってくれんだよね。鈴江のリードがいいんだろ」

　鈴江は流しこんだドリンクを噴き出しそうになった。笛吹がこちらを見た。

「ふーん、そうなん?」

「い、いや、俺はそんな」

慌てて顔を伏せる。

だがたしかに、提案したのは鈴江だった。予定通りの配球で、初回とその次はフライとゴロで打ち取ったが、今日のストレートはスピンがよくきいて、すばらしく伸びがいい。そして戸城の打者は、下からすくい上げるようにして打つ者が多かった。

これは、高めのストレートで押していったほうが打ちにくいんじゃないか。それに今日の審判は、ゾーンがやや高めだ。

投手は外角低めが生命線だとよく言うし、実際に今日の月谷なら低めもきっちり決められる。だが低めのコントロールがいいことは相手だって知っているだろう。それならば。

「次は高めのストレート増やしてみませんか」

一巡目が終わったところで思い切って提案すると、月谷は少し驚いたように目を瞠った。試合の途中で鈴江のほうからこうして提案することなど、今までになかったからだろう。

「高め」

「はい。戸城は上からかぶせて打つのは得意じゃないみたいで。今日のストレートなら当たっても外野まで飛ばないし空振りも充分とれます。左右より高低を意識したほうがいいかも」

この高めの球が使えれば、高低のゆさぶりがもっと有効に使えて、球数も少なくて済む。あちらも早打ちだし、たやすく相手を押さえつけられる。だからここで、試してみたい。

まじまじと鈴江を見下ろしていた目が、愉快そうに細められる。

「わかった」

そして今に至る。

戸城は面白いぐらい振ってくれる。もしくは見逃す。少し高いかな、と思っても、球に伸びがあるからだろう、ストライクにしてもらえることが多い。

焦って打ち損じてくれればと思っていたが、結果的に三振を量産することになった。回を追うごとに、鈴江の想定より月谷の球は伸びてくる。

先日の大瀬戦もそうだった。投げれば投げるほど、疲れるどころか月谷の球は威力を増していくのだ。

球速は一三〇そこそこ。だがおそらく、打者の体感速度は十キロは上乗せされているだろう。そこで、ストレートと同じフォームからふっと落ちてくるチェンジアップを投げれば、あっさり三振がとれた。わかっていても、振ってしまうのだろう。

「ほんと振ってくれるよな」

ベンチの中で、月谷は小声で言った。その顔はいつになく輝いている。

打たせて取るのが身上とは言っても、やはり投手にとって三振をとるというのは格別なんだな、と改めて思う。ストレート勝負ならなおさらだ。投球術はもとより、自分の球そのものが相手を圧倒したということになるのだから。

「もう全部ストレートでもいいぐらいです」

「あはは、それは肩張るからやだなぁ」

月谷はのんきに笑っていたが、やぶさかではないといった雰囲気《ふんいき》だった。鈴江はほっとして、まだ少し痺れている腕をさする。

『月谷に、好きなように投げさせてやってくれ』

中村の悲痛な声は、今も耳に残っている。キャッチャーは、投手を支え、いかに気分よく、万全の状態で投げさせるかにかかっているのだ。月谷は今、のりにのっている。こんなに楽しそうに投げている彼は、たぶんはじめて見る。

信頼してもらえているのだ。そう思うと、じわじわと胸が熱くなる。

が、同時に少し後ろめたさも感じないでもない。鈴江は、痺れる左手をちらりと見た。

じつのところ、ストレート勝負は自分のためでもある。これだけ球がキレていると、打者は変化球との落差に全くついていけないが、それは鈴江自身も同じだった。

空振りをとれたはいいものの捕球ができず、振り逃げを許しそうになった場面が二回あった。

このままいけば、おそらくまた逸《そ》らす。今までのようにランナーがいない時ならまだいいが――いや、そもそも今の状態なら得点圏まで進ませることはそうそうないだろう。

とにかく、出塁させない。打たせない。本人もそれを望んでいるなら、利害の一致ということで問題ないだろう。


が、八回裏に、とうとうそれは起きた。

この回、戸城のクリーンナップはことごとくストレートをカットしてくるようになった。戸城は三番から七番まで左打者が続いている。左対左は投手が有利とは言うものの、彼らも前の打席から早打ちをやめ、じっくり見極めに来ている。

粘りに粘られ、一死から左方向への流し打ちを喰らう。久しぶりの打球にレフトの高津が少しもたつき、俊足の打者は一気に二塁を陥《おとしい》れた。戸城ベンチがわっと沸いた。

「ワンナウトだ！　一人ずつ丁寧《ていねい》に！」

重くなった空気を裂くように、笛吹が叫ぶ。我に返ったように、選手たちが次々と手でサインを送り、確認しあう。

鈴江がマウンドに走り寄ると、月谷はグラブで口許《くちもと》を隠した。

「ストレート合わせてきてる。変化球メインに切り替えていいか。Bパターンがいいと思う」

予想通りの言葉だった。

「ですね。わかりました。キツい場面ですがよろしくお願いします」

「キツくねーって、こんなん」

笑う月谷は頼もしい。本当に、マウンドで動揺《どうよう》しているところを見たことがない。

しかし守備位置に戻る鈴江のほうは、完全に顔が強《こわ》ばっていた。

月谷のことは信頼している。信頼できないのは自分自身だ。

落ち着け。いつも通りにやれば大丈夫だ。何度も繰り返し、サインを出す。

月谷は頷《うなず》く。

一球目、外へのスライダー。完全に見逃し。ストライク。

インコース高め、ストレート。ファウルでカットされる。

カウントは0—2、圧倒的にこちらに有利なカウント。ここで一球挟むべきか——いや、決めてしまいたい。

サインを送ると、月谷は一瞬間を置いた後、頷いた。おそらく彼は、カーブで外すと考えていたのだろう。その後にストレート、そしてチェンジアップとくる。そう予想していたはずだ。

しかし鈴江はすぐにチェンジアップを要求した。月谷は二塁を目で牽制し、素早く投げる。

バッターは振ってきた。予測はしていたのだろう。

だが月谷の球は、前半より落差が大きかった。バットは思い切り空を切る。

「あっ！」

鈴江は小さく悲鳴をあげた。慌てて下ろしたミットの先に当たった感触があったが、球を見失う。

「一塁側だ、鈴江！」

月谷が叫ぶ。

一塁側？　一塁ってどっちだっけ？　パニックに陥《おちい》った頭は、方向感覚さえ失っていた。

そしてようやく見つけて駆け寄り、ホームベースへカバーに入った月谷に投げようとした時、ホームを踏むランナーの姿を見て愕然とした。

そんな。二塁にいたはずなのに。

一瞬だと思ったのにそんなに長く探していたのか？

「大丈夫、落ち着いていこう鈴江」

茫然とする鈴江の背中を、月谷が宥めるようにたたく。

「……す……すいません……」

「気にすんなって。どこでもあることだ。切り替えていこーぜ」

笑ってマウンドに去っていく背中が、ひどく遠い。

ああ、最悪だ。自分が怖くて勝負を急いでしまった。それでも月谷は、最高の球で応えてくれたのに、捕れなかった。やっぱり捕れなかった。

そこからは悪化の一途を辿った。

振り逃げで出塁したランナーがすかさず盗塁するも、鈴江はほとんど反応できなかった。足の速い打者だし予測はしていたはずなのに、球を握りそこねて投げられなかった。

次は予想通りバントで来た上、目の前に転がってくれたので、ラッキーとばかりにすかさず三塁に投げた。しかしわずかに逸れてしまい、結局一塁ともどもセーフとなってしまった。ああ、なぜ欲張った？　どうして一塁に投げなかったのかと悔やんでも、後の祭りだ。

一死一・三塁。スクイズを警戒する場面だ。そしてまさにその通り、スクイズが来た。

戸城は奇策はほとんど用いず、常にオーソドックスな戦術で、きっちりと攻めてくる。

ベンチの指示は、大きく外す《ウエストボール》。

指示通り、月谷は高めに大きく外した。が、鈴江がほんのわずかに遅れた。

またも、ミットの端にあたる不快な感触。真っ先に頭をよぎったのは「なぜ」だった。

今まで、こんなミスをしたことはない。

相手はなんの苦もなく二点目をあげ、とうとう三ツ木は追いつかれた。

ベンチからはさすがに伝令がやって来る。行きたくはなかったが、鈴江はのろのろとマウンドへと向かった。

「しっかりしろ、鈴江。おまえの構えひでーぞ。ミットがちゃんと真ん中に向いてない」

すぐに笛吹の叱責が飛んでくる。

「すみません……」

「今それはいいよ笛吹。で、監督なんだって？」

月谷が促すと、伝令の三島《みしま》は丸い顔に思い切り困惑を乗せたまま言った。

「いやなんか……きのこの山とたけのこの里どっちが好きか聞いてこいって……」

「はぁ？」

鈴江以外の全員の声がきれいに揃《そろ》った。何言ってんだアイツ、と笛吹は頭を押さえた。

「意味わからんけど俺きのこ」

「ありえねえ、たけのこ一択だろ。なに、今日勝ったらくれるとかそういう話?」

「つかそれはショボくね?」

ぱんぱんに膨《ふく》れあがっていた風船に穴が空いたように、緊張が抜ける。それでも鈴江は一人、ただおろおろしていた。

「おまえどっちよ、鈴江」

月谷が苦笑して尋ねる。

「た、たけのこ……」

「よし一緒だ。そんじゃこっから一人ずつ打ち取ってこーぜ」

何がよしなのかわからないが、とりあえず空気は切り替わった。そうだ。なんとか自分も切り替えなくては。鈴江は頰《ほお》をはたいて気合をいれた。


その後、月谷は二人続けて内野ゴロでアウトをとり、ピンチを脱した。戸城がうまい具合に変化球をひっかけてくれたのは幸いだった。

九回表の三ツ木の攻撃は成果ないまま、最終イニングを迎える。とにかくこの九回裏をしのぎきれば、延長戦に入る。

延長戦。そう考えた途端、胃がきりきり痛んだ。これ以上まだやるのか。もうこの回で終わらせてしまいたい。ここから早く、逃げ出したかった。

そんな弱気が移りでもしたのか、月谷はあっさり二死までとったものの、そこから珍しく四球を出した。ここに来て突然、微妙なコースを攻めきれなくなってきた。

だが、九回ツーアウトから緊張でコントロールが乱れることは、よくあることだ。ほとんどマウンドで緊張したことがないという月谷も人間だということなのだろう。

だが次の打者にも低めのスライダーをうまく流され、ライト前に飛ばされた。

二死一・三塁。

鈴江は汗をだらだら流しながら、マウンドへ走る。

「三振《さんしん》とる」

マウンドにつくなり、月谷は言った。さすがにいつものように微笑《ほほえ》んではいなかった。

「はい。お願いします」

会話はそれきり。すぐに守備位置へと戻る。

三振以外、選択肢はない。わかっている。

相手は、全《まった》く当たっていない右の二番。だがいやらしくカットはしてくる。

大丈夫。どうにかなる。今度こそ止められる。ここを越えられれば、問題ない。鈴江は何度も自分に言い聞かせた。

カーブから入り、焦らず攻めて、どうにかフルカウントに追い込んだ。ならば、あれしかない。

ごくりと唾《つば》を飲み込む。震える手で、チェンジアップのサインを出す。大きくはずして、空振らせる。

月谷は満足そうに頷《うなず》いた。そうだ、ここで逃げるわけにはいかない。今度こそ！

しかし次の瞬間、鈴江の鼓膜《こまく》を震わせたのは、ミットにボールが収まるあの心地よい音ではなかった。

カキン、と高らかに響いた、乾いた音。

その目は、空に憧れるようにセンターバックスクリーンへと突き進む、白いボールを追っていた。

第二章

1

『王者東明《とうめい》下し、高見第一《たかみだいいち》決勝へ

五月二十日より始まった春季関東大会は準決勝を迎えた。ひたちなか市民球場第一試合は埼玉《さいたま》・東明学園と栃木《とちぎ》・高見第一が激突した。両校エースは共にプロ注目の左腕で、投手戦が予想されたが、0―0で迎えた五回裏に東明のエース木暮《こぐれ》が突然の大乱調に陥《おちい》った。コントロールが定まらず、押し出しとタイムリーで一挙五点を失うと、その後の回も三点を追加された。打線も高見第一のエース与野《よの》を打ち崩せず、8―0で高見第一が勝利した。秋と春連覇《れんぱ》を果たした東明の三連覇の夢はここで破れた。』

記事を読み終え、月谷は苦々しげにスマホの画面を切り替えた。

「交替ナシとかさらし投げじゃん」

木暮がまさかの大乱調。まさに、「まさか」だ。

二年の夏に背番号1を背負ってから、木暮は試合ではっきり不調とわかる投球をしたことがなかった。

それが突然の大乱調。

いや、ちがう。突然ではない。県大会で木暮の投球を見た時、違和感を覚えた。いつもより踏み込みが浅く、急いで投げているような印象があった。気になって、試合後に本人にそれとなくLINEを送ってみても、返事はなかった。

改めてLINEアプリを立ち上げると、木暮とのトーク画面には自分からのメッセージばかりが連なっている。県大会のころはそれでも既読がついていたが、最近は読んでいる様子すらなかった。

もともとこちらから連絡しないとLINEなど送ってこないし、返ってくるのも一行以上あればいいほうで、たいていはスタンプだけだ。今やそれすらないというのは、不安だった。

続いてリストから、泉《いずみ》記者のトーク画面を開く。昨日のうちにネットで関東大会の結果は確認していたので、取材に行っているであろう泉に「木暮はどこか痛めてたんでしょうか」と軽く探りを入れてみたが、ゆうべのうちには返事は来なかった。

以前は必ずその日のうちに返事が来ていたが、今は関東だけではなく全国を飛び回っているし、そもそも高校野球だけに専念しているわけでもないらしい。二年目になったらありえないほど仕事が増えたと嘆《なげ》いていたので、仕方がないのだろう。

しかし起きた時には通知が来ていた。着信の時間は朝の四時半。思わず、マジかよ、とつぶやいた。シーズン中の記者は過酷《かこく》だ。

『遅くなってごめん。木暮くん、心配だよね。でも、私も何も聞いてなくて。木暮くんもインタビューではいつも通りだったし、監督も自分の責任だ、また明日から一から始めるっておっしゃるばかりで』

困っている顔文字つきだった。事実かどうかはわからない。彼女は蒼天《そうてん》新聞では東明担当のようだから、先方から口止めされれば何も言わないだろう。信用問題に関わる。

『おはようございます。お忙しいところすみません。情報、助かります。いつも通りならよかったです。県大会で見た時、ちょっと肘《ひじ》が気になったんですよね。少し下がっているような気がして』

起きてすぐそう返信したが、まだ既読はつかない。現在、朝の七時。爆睡中ならいいが、仕事だったら笑えない。ため息をついて、スマホをしまう。

木暮のことは気にはなるが、今日はこちらも試合がある。

ようやく中間考査が終わり、一昨日から練習が再開され、今日は練習試合だ。

今日の相手は県内なので近い。来週も県内だ。

昨年のこの時期は、県内の強豪《きょうごう》にはなかなか相手にしてもらえず、毎週のように県外に足を延ばしていたことを考えると感慨深い。

だとしても、今日の相手は破格だ。こんな好機、二度とあるかわからないというような相手だ。

とにかく今は、自分のことに集中しなければ。

最後の夏まで、もう二ヶ月しかない。

2

目の前の光景に、三ツ木《みつき》野球部一同はあっけにとられた。

「すっげー。でけー!」

木島《きじま》が幼児なみの感嘆の声をあげていたが、たしかにすごくてでっかいとしか言いようがない。

彼らは現在、広栄《こうえい》学園の敷地に足を踏み入れたところだった。同じ県内の高校ではあるが、三ツ木高校とはなにもかもがちがう。

「なにこれ、大学？」

「これ敷地内チャリ必要なやつじゃね？」

きょろきょろしながら歩く姿はおのぼりさんさながらだ。広栄学園は中高一貫教育の私立学校で、進学コースの偏差値《へんさち》は県内有数、数々の部活動でも全国に名を轟かせている。部員数百名を超える野球部ももちろん数度の甲子園《こうしえん》出場を誇り、夏の地区予選でも毎年ベスト8には必ず名を連ねる名門校だ。

強豪の中でも東明に継ぐ別格扱いで、全国から練習試合の申し込みが殺到し、週末はほとんど一軍専用グラウンドで試合をやっているという。

そもそも野球部専用グラウンドをもたない、わずか十七名の野球部からすると、あまりに別世界すぎて羨ましいという気すら起こらない。緑豊かな広大な敷地には美しい校舎や施設が整然と並び、その奥には各運動部のためのさらに広大なスペースがある。意味が分からない。

「どうぞ、更衣室はこちらになります」

一同を案内するマネージャーも、礼儀《れいぎ》が完璧《かんぺき》である。なんでもマネージャーだけで八名いるらしい。意味がわからない。

案内されたのはグラウンド横の白い建物で、対戦チーム専用の更衣室だという。

「支度が済みましたらグラウンドのほうに。今日はよろしくお願いします」

マネージャーは深々と一礼すると、ポニーテールを揺らして去って行った。その姿勢のよい後ろ姿を見て、瀬川《せがわ》が「ま、負けた……」とつぶやいた。

更衣室も三ツ木野球部の部室とは比べものにならないぐらいきれいで、掃除が行き届いている。部員も皆すでにいろいろ負けたような気になったが、急いで着替えてグラウンドに向かうと、また度肝《どぎも》を抜かれた。

それまで練習をしていた広栄野球部の選手たちがみなぴたりと動きを止め、帽子をとって一礼する。

「おはようございます！」

「おっおはようございますっ」

気合の入った挨拶《あいさつ》に驚き、何人か声が裏返った。なにげない動きも全て統制がとれていて、きびきびしている。なにしろ、この数だ。ここにいるのは部員全員ではないはずだが、それでも多い。三ツ木野球部の面々はすでに空気に呑まれていた。

「やあどうも、遠いところありがとうございます」

「こちらこそ、試合を受けていただいて感謝します。今日は広栄さんの胸を借りさせていただきます」

生徒たちがかたまっている中、監督どうしは和《なご》やかに挨拶を交わしている。五十代半ばの広栄・設楽《したら》監督は今は穏やかに笑っているが、凄《すさ》まじく厳しいことで有名だ。体も大きく厚みがあり、そこにいるだけで強烈なオーラを感じる。

「いやいや、最近の三ツ木さんの成長はめざましい。皆、注目しております。こちらこそ、勉強させていただきますよ」

「いやいや、そんなことは……」

謙遜して笑う若杉《わかすぎ》の横顔は、微妙に引きつっていた。広栄一筋で三十年以上やってきたという設楽は、名実ともに埼玉《さいたま》高校野球界のドンで、優秀だが癖の強い東明や強豪の監督たちも彼には頭があがらないという。

野球経験のない新米監督からすると、雲の上の人物だ。つくづく、そんな相手がどうして練習試合を受けてくれたのかわからない。しかも一軍を用意してくれたという。

突然、設楽監督がこちらを見た。月谷《つきたに》は驚きつつも、反射的に頭を下げる。

「飛ぶ鳥を落とす勢いの月谷君の球、楽しみにしていますよ。今日は三ツ木が相手だというので、ほら、結構見学者も多いのですよ」

設楽は軽く笑って会釈した後、若杉にギャラリーを示してみせる。広栄側のベンチの裏手には、椅子とベンチが並び、ちょっとしたスタンドになっていた。そこには長年の広栄ファンとおぼしき人々で占められ、立ち見客も多かった。ネットのむこうから見学している者もいる。

さすがだな、と感心する。自分や三ツ木を楽しみにというのはリップサービスだろうが、広栄には全国紙で特集されるような投手や野手がいる。エースの池端は、東明の木暮と並んでよくとりあげられる、長身の右の本格派だ。ライトを守る田内は二年生だがやはり右打ちのスラッガーとして注目されている。彼らを見に来る者たちもいて当然だ。

だがそんなことは関係ない。広栄に勝てるチームでなければ、東明には絶対に勝てないのだから。

「リラックスして行けよ。今日は勝敗より、強豪の戦い方ってのをしっかり勉強して、場に慣れるのが目的だからな」

試合前に選手を集め、若杉が語る。そういう彼こそが一番緊張しているような気がするが、たしかに場慣れは重要だ。

強豪のオーラというのは、厄介《やっかい》だ。試合をする前に、まずこれでやられる。

県大会でも、大瀬《おおせ》高校とあたった時、ほとんどの選手がかちんこちんになっていて、案の定初回にエラーが出た。その前の試合までは調子よく勝っていて、勢いもあったはずなのに、やはり誰もが知る強豪相手だと名前負けしてしまう。

その次に当たった戸城《としろ》も強豪だが、昨年秋と今年の春に練習試合をしている。どちらもボロ負けはしたが、多少慣れていることもあって、大瀬とあたった時ほど選手は緊張していなかったように思う。

広栄クラスとなると、去年の中村並みにクジ運が悪くないと、今まではまず公式戦では当たれなかった。だが今年からは初戦敗退はもはや確定路線ではない。勝ち進めばいずれは当たる。

そうなった時、一度対戦したことがあるか否かで、心持ちは大きく異なる。勝敗より勉強と慣れが大事という監督の言葉はその通りだ。だが、のちのちのことを考えれば、やはり勝つのに越したことはない。苦手意識を植え付けないためにも、仮に負けるにしても大敗は避けようと月谷は心に決めていた。

「試験期間中もみんな自主練しっかりやってくれたおかげで、体は動いている。あとは気後れさえしなきゃ、どこ相手でも充分戦えるはずだ。そして広栄の技術を盗むつもりで、よく観察しておくこと。俺からはそれぐらいだ。じゃあキャプテン、一言」

若杉が促すと、笛吹《ふえふき》はしかめ面で口を開いた。

「あー……えっと、まあ昨日のミーティング通りに、その回ごとの課題を確認しながらやっていこう」

珍しく歯切れが悪い。下級生は、機嫌が悪いのかと少し怯えた様子で主将を見ていたが、月谷たちは事情を知っているのでなまあたたかい目で見守っていた。

なにしろグラウンドに入ってすぐ、「龍馬《りょうま》ー久しぶり！」と広栄部員に声をかけられ、顔を真っ赤にしていた。その時、月谷の頭によぎったのは、「こいつ、初対面の時、下の名前で呼んだら殺すって言ってたよな？」という疑問だった。

笛吹は野球の強豪・大和田《おおわだ》中のエースだった。顔も名前もそれなりに知られているだろう。高校進学にあたっては、いくつか有名校の練習会に参加したという。

たしかその筆頭に名をあげていたのが、広栄だった。恩師への義理で参加しただけで、高校では野球をやるつもりはないから三ツ木に来たと嘯いていただけに、気まずいのだろう。

「鈴江《すずえ》、昨日言った通り、今日はとにかく打たせてとることに集中する。広栄は左多いし、慎重に。カウントめいっぱい使って、ゾーン広げていこう」

試合開始の前に、鈴江に声をかける。鈴江は青白い顔で「はい」と返事をした。ガチガチに緊張している。頭が真っ白になっていないといいけどな、と少し不安になる。

「いつも通りやりゃ大丈夫だ。今日はデータをとるものと割り切って、気楽にいこうぜ」

軽く肩をたたく。鈴江はなんとか笑顔をつくったが、口許《くちもと》がひくついている。……心配だ。

今日は三振《さんしん》は狙わない。戸城戦ではストレート中心に三振を取りにいったが、本来の自分のスタイルはあくまで打たせてとる、だ。いい打者が揃《そろ》っている広栄相手に三振狙いで行ったら、疲れるどころではない。

しかし今日は、球数は気にせず、カウントはめいっぱい使う。広栄打者のデータが欲しいからとにかくいろいろ打たせろと監督にも命じられている。

夏の予選は後半になればなるほど連戦になる。一試合に全力を出し切るのではなく、ペースを考えていかねば乗り切れない。データは必須だ。

初回はストレートとスライダー中心で組み立てる。手応えはなかなかだ。好調は続いている。だがスライダーは少しでも甘く入ると、すぐに弾かれた。

練習試合だというのにギャラリーは多く、広栄がヒットを打てば歓声があがる。しかし月谷と鈴江のバッテリーも、三塁までは踏ませない。三回に一死一・二塁となった時、また甘く入ったチェンジアップを弾き返され、覚悟を決めたが、笛吹が華麗なキャッチをきめてゲッツーにもちこんだ時も歓声が湧き起こった。

「あのショートうまいな」

「大和田中のエースだよ。うちも調査してたって。打撃もいいし足もあるし、もったいないことするもんだ」

常連客の声が、ここまでよく聞こえる。

もったいないって何だよ。内心腹立たしい。自分のところに来ないなんてバカだ、と言いたげな上から目線。そういう目に囲まれて野球を続けるのにうんざりして、笛吹は三ツ木に来たというのに。

ただ、広栄のすばらしく鍛えられた守備を見ていると、彼らの言うことも一理あると思わぬでもない。笛吹は、三ツ木の中では圧倒的にうまい。しかし広栄には、笛吹レベルの野手がごろごろいるのだ。二遊間の堅さはもはや抜けるとは思えないし、外野はとにかく打球判断が速い。あっというまに球に追いついてアウトにされる。このレベルで揃えるのは至難の業だ。

続いて四回表の三ツ木の攻撃が始まり、ベンチの部員たちははりきって声を張り上げた。だがその視線は時おり不満そうに広栄側のブルペンに向けられる。

広栄はどんどん投手を投入してくるが、まだエースの池端は出してはこない。

東明の木暮と並び、ドラフト候補の本格右腕でもある彼を出すまでもないと思われているのかもしれず、それは悔《くや》しいが、さすがに広栄は層が厚く、一年生投手でもそうそう打てるものではない。

　自分の打席は前イニングで終わっていたし、月谷は次のイニングに備え、ベンチ横でキャッチボールをしていた。横目で見ると、七番の鈴江が半端なスイングでゴロを打ち、一塁にやけくそのように走っているところだった。

　もともと鈴江はあまりバッティングは得意ではないが、ここのところは打撃練習でもわかるぐらい調子を崩している。今の打席も中途半端で迷いが見えた。

「月谷さん」

　ベンチに戻ってくるなり、鈴江はすぐに月谷のもとへやって来た。

「次、下位打線ですし、ストレートで押していきませんか?」

　迷うような、どこか思い詰めたような目で月谷を見る。そろそろこう言い出すであろうことは薄々察していたので、

「せっかくの練習試合だからな。いろいろ試したいんだ。データもとらなきゃだし」

「あ、はい。そうですね。じゃあ予定通りで」

　鈴江はすぐに退いた。汗がすごい。

　彼が何を考えているのかは、手にとるようにわかる。戸城戦でも同じように、ストレートメインでいこうと言ってきた。奥にある本音も、その時からすでに読んでいた。

そして戸城戦の、サヨナラの場面。あれは、チェンジアップが甘く入ったせいだった。

いや、もっと正確に言うならば——月谷が、しっかり投げきれなかった。

あの時、鈴江はチェンジアップのサインを出していた。あの試合、後半になればなるほど鈴江の構えは硬くなり、実際に前のイニングで捕り損ねていたが、鈴江はあえてサインを出してきた。

その意気に応じるべきだと思ったから頷《うなず》いた。ここで捕れれば、鈴江も恐怖を払拭《ふっしょく》できる。

そう思ったのに、できなかった。甘く入ってしまったのは、自分が鈴江を信じ切れなかったせいだ。鈴江にも伝わってしまったのだろう。彼の恐怖はますます深く根付いてしまった。

あそこで思い切り投げていれば、もし逸《そ》らしていたとしても、切り替えられる可能性はあっただろう。しかし、迷いを残したまま投げたせいで、鈴江は投手からの不信というより大きなダメージを受けてしまった。

最悪だった。

あれから鈴江は鬼気迫る勢いでキャッチングの練習をしている。砲丸キャッチも毎日続け、マシンもかなり近づけているし、体は多分アザだらけだろう。何度か「あまり根詰めるなよ」と言ってみたが、相手は微笑《ほほえ》むばかりだった。

球を捕れなかったのは中村《なかむら》も同じで、やはり彼も必死に練習していたが、月谷はこれほど不安に思うことはなかった。中村は自分の不出来に落ち込むことがあっても、どこかで開き直る図太さがあった。そういう意味では中村は信頼できるキャッチャーで、やりやすい相手ではあった。

しかし鈴江はちがう。学年が下ということも大きく作用しているのだろうが、とにかく月谷の邪魔になってはいけないという意識が強すぎる。

真面目《まじめ》な性格はわかっているから、あまり負担にならないように、とにかく褒《ほ》めて伸ばす方針でやってきた。ここにきて、自分の好調がアダになるとは思わなかった。

ともかく、本格的なスランプに陥《おちい》ってしまう前に早く乗り越えてもらうしかない。

練習試合ならいくら逸らしてもかまわないから、今のうちに解決の糸口を見つけてほしい。そのためにも、ここしばらくは変化球を多投するつもりだった。

が、そう簡単にいけば、世話はない。

前半は月谷に翻弄《ほんろう》されていた広栄打線も、六回からは徐々に合ってきている。まだ大きなものは打たれていないが、ファウルで粘られる回数が増えてきたし、しかも結構な確率で真後ろに飛ばされている。タイミングは合っているのだ。

結局、連続でヒットを打たれ、月谷はマウンド上で肩を回し、息をついた。

調子は悪くない。が、非常に疲れる。

鈴江がやたらミットを動かすのだ。中村のようにがっちり固定しろというつもりはないが、今日は構えた後にやたらミットがぶれる。体がガチガチだから、力の配分が全《まった》くうまくいっていないのだろう。

(すげぇ投げづらい)

そして腰も高い。疲れるからか最近の捕手は全体的に腰が高くてとにかく球が見にくい、ストライクゾーンの判定に不服そうな仕草をするぐらいなら自分を見直すべきではないか――以前、野球雑誌で審判が語っていた話が脳裏をよぎる。それぐらい今日は高く、ストライクゾーンが狭く感じる。

「おまえさ、あんなに腰浮いてたら月谷の球は捕れねえだろ。中村さんとはちがって、おまえが捕れないのは明らかに筋力不足。まあおまえだけじゃないけど、とにかく下半身鍛えろ」

以前笛吹も注意していたし、鈴江も覚えてはいるだろう。だが人間、疲れればどうしても腰があがってくる。あれだけガチガチなら疲労も早い。

これはもう、そういうものとして腹を括るしかない。

マウンドから、じっと鈴江を見る。鈴江は迷いつつもサインを送る。

とにかく長打を警戒。左打者の外低めに外すスライダー。

頷いて、その通りに投げる。ボール。打者はぴくりと動いたが、余裕をもって見送った。

次のサインは——インサイドにストレート。

(おいおいマジかよ)

今の見送り方からして、ストレート狙いなのは明らかだ。パニクって頭真っ白になってんじゃないか。もう少しで舌打ちするところだった。

だが、首は振らない。巧《たく》みな打者だと、バッターボックスで狙い球はこれだと見せかけて全く違う球を打ってくる者もいる。だからこれは演技かもしれないし、そもそもストレート狙いでも、打たせぬようなところにしっかり投げ込めればいいだけ。

「投手が自分の思い通りに投げられれば、絶対に打てないもんだ」

そう教えてくれたのは、昨年何度か指導に来てくれた社会人野球のピッチングコーチだった。彼の指導は的確で、今まで独学で試行錯誤《しこうさくご》でやってきただけに目から鱗が落ちるような発見がたくさんあった。

今はあちらもシーズンに入り、なかなか指導に来ることはできないが、メールは頻繁にやりとりしているので、ずいぶん助けてもらっている。

そのコーチが、「ピンチで抑えるコツはなんですか」と月谷が言った時に返してきたのが、さきほどの答えだった。

投手が自分の思い通りに投げる。言葉にするとたやすいが、それが一番難しいことは投手経験があれば誰でも知っているだろう。

その日のコンディション、マウンドの硬さや高さ、疲労具合。打者との相性。守備が信頼できるか。その全てが、投球に影響する。常に自信をもって投げ込むことができる人間なんて、プロでもいないんだからと彼は言った。

「知ってるかい、高校野球のエースのコントロールは、キャッチャーの構えに対して命中率が六割から七割なんだ。これは、実はプロより高いんだよ。多くの高校生投手は、普段ならしっかり投げ込めるんだ。でもこれがピンチになると、高校生とプロのパーセンテージは逆転する。高校生ピッチャーは、いきなり三十パーセント台に低下してしまうんだ。それだけ高校生は、精神的なプレッシャーに左右される。だが月谷君、君はマウンドにあがってもめったに緊張しないという、実に得な性格をしている。これは大きなアドバンテージだよ」

つまり、ピンチの時と通常時でさほど差をつけぬ投球ができるなら——それも六十パーセントの出来ならば、充分に抑えられるということだ。ピンチはチャンス。相手も意気込んでいて、平静とは言いがたいのだから。

だから常に変わらぬ平静さを身につけるようにしてきた。常に、自分の思い通りに投げられるように。そのための体づくりも怠らなかった。

いける。インコース高め。投げ込めるはずだ。

「あっ」

声が漏れた。

顔すぐ横を、打球が駆け抜けていく。耳元で響いた風を切り裂く音は凄《すさ》まじく、よろけそうになった。

きれいなセンター返し。打つと同時に走り出していた二塁ランナーは、速度を落とさず一気にホームに生還する。打球の速さが幸いして、一塁ランナーは三塁でコーチャーに止められた。

センターから中継で返ってきた球をキャッチし、鈴江を見る。放心していた。

＊

内野手が集まったマウンドには、重苦しい空気が垂れ込めている。

三ツ木ベンチから来た伝令が何か言っているが、月谷は聞いていなかった。

七回裏、ツーアウト二・三塁。この回、すでに三点を許している。一死一・二塁でタイムリーを打たれて一・三塁となったところで、パスボールで三塁ランナーが生還した。その間に一塁ランナーも二塁に進塁し、バントで二死三塁。ここで甘く入ったチェンジアップを弾かれ、三点目が入った。

その次は、さんざんカットされて粘られたあげく、この試合はじめての四球を出してしまった。さらに追い打ちをかけるように、ダブルスチールをかけられ、二・三塁。もうやられ放題だ。

自分の思い通りに投げられれば打たれないとは、なんだったのか。月谷は十分前の自分の胸ぐらをつかんで問いただしたかった。

「なーなー、ところでおまえら気づいてた？」

伝令の話が終わったところで、木島が妙にわくわくした顔で切り出した。周囲の緊張感などまるで気にしていない様子で、目を輝かせている。

「なんだよ」

笛吹が促すと、木島はご丁寧《ていねい》にグラブで口許《くちもと》を隠して続けた。

「今日、吉良《きら》が来てる。席じゃなくて、ネットの向こう側」

「吉良?」

聞き覚えのない名前だった。集まった野手たちも怪訝《けげん》そうな顔をする。木島は怒り出した。

「なんで知らねーんだよ、ヤクルトの元投手だよ! 試合始まる前から、どっかで見た顔なんだよなーってずっと気になってて。やっとわかった」

そういえば木島は筋金入りのヤクルトファンだった。月谷は贔屓球団はとくになく、まああえて言うなら地元の西武かな、と思う程度だった。

笛吹たちもぽかんとしているところを見ると、あまり有名な選手ではなさそうだった。おそらく一軍経験もそれほどないまま、引退となったくちだろう。

「知らんわそんなの。で、その吉良がなんで? 広栄の出身なのか?」

サードの梅谷がネットのほうに目をやりつつ訊いた。

「じゃなくてー今スカウトやってんの」

「なんでスカウトが関東の決勝じゃなくてこっち来てんだよ。あ、池端か?」

笛吹が、広栄ベンチ前のブルペンを見やった。エース池端が捕手を立たせてアップを始めている。八回からやっと真打ち登場らしい。今まで登板した三人の投手もほとんど攻略できていなかったが、池端が投げるのはやはり嬉しいらしく、みな目が輝いていた。

「いやいや案外、龍馬君なんじゃね？」

木島のにやけ顔に、笛吹は「ぶっころす」と凄《すご》んだ。

「こわっ。もしくはムンバレメガネ君かも」

「……アカウント名で呼ぶな。つか俺、許してないからな？」

去年、わけのわからないLINEアカウント名をつけたのは、この木島である。トイレに行っている間に勝手に登録されていた。面倒くさいから変えていないが、口に出して呼ばれると結構つらい。

「まーまー。とにかくせっかく吉良さん来てんだから、俺チャンスあったらグラブトスするから。ちょー練習したし、りょ……ふっきーいいよね？」

「やだよ」

即答だったが、本気で厭《いや》がっている顔ではない。この二人が隙《すき》あらばグラブトスの練習をしているのは皆知っている。やはりグラブトスゲッツーは、二遊間ならば一度は憧れる。

「ハイやるね、決定。んでムンバレ君は戸城戦みたいな奪三振《だつさんしん》ショーしとけって。俺らここまで頑張ってんだから、三ツ木からプロ野球選手出てもよくね？」

呆《あき》れ果てて「アホか」と言ったところで、審判から早く守備に戻るよう促された。

散っていく野手陣の中には、鈴江の姿もある。彼はマウンドに来たはいいが、最初に

「すみません……」と言ったきり、一言も発しなかった。今のバカ話もおそらく耳に入っていなかっただろう。

「鈴江」

呼び止めると、彼は振り向いた。顔が蒼白になっている。

（あ、これ聞いてたな）

これはまずい。木島はおそらく皆の緊張を和《なご》ませて、士気をあげるつもりで言ったのだろう。しかし今の鈴江には逆効果だ。

スカウトまで来ている。これ以上月谷を打たせてはいけない。それだけで頭がいっぱいになっている。

「……三振狙ってく。頼むぞ」

グラブの陰で悪戯《いたずら》っぽく囁くと、鈴江はこれから戦場にでも赴くような顔で頷《うなず》いた。


その後の流れは、危惧《きぐ》した通りだった。

九回までの間、鈴江は捕逸を五回した。また月谷も、きっちりコーナーに投げ込めず、あいにく二遊間も華麗なグラブトス披露の機会がなかった。

そして打つほうは、エース池端に完全に抑えこまれた。一八五センチの長身から投げ下ろすストレートの威力は、凄まじい。最速一四四キロだという速球はホーム付近でぐんと伸びて、十キロ近く速く感じる。リアルに風圧を感じて、最後の打者となった月谷は打席で腰が引けた。当てたとしても、これは完全に力負けするだろう。

ただ、変化球の精度はあまり高くない。配球もストレートの威力に頼っているので、二打席目があれば打ち崩せたかも――と思いつつ、みごとに空振り三振をして、ゲームセットとなった。

できれば池端と話してみたいな、と思っていると、整備の時にトンボをもった池端がにこにこしながら近づいてきた。はっきりした顔立ちと長身のせいで、マウンドでは威圧感が全面に出ていたが、笑っていると人なつこい大型犬のような雰囲気《ふんいき》があった。

「おつかれー。俺、月谷に会いたかったんだー。春も当たらなくて寂しかったから、今日楽しみにしてたー」

……喋《しゃべ》るとますます、威厳が薄れる。

「おつかれ。こっちも楽しみにしてた。広栄の投手陣は層が厚いな」

「人数いるだけだよ。あとうち、左投手があんまいないから、勉強になった。やっぱなんかどっか木暮と似てんねー。幼なじみだっけー?」

さらりと言われて、一瞬息を呑《の》んだ。そういうことは、やはりおさえているものなのか。

「中一までな。似てる?」

「うん、なんか投げ方とかー。やっぱ参考にしてんのー?」

にこにこした顔は真意が見えにくい。純粋な興味なのか、何かを探ろうとでもしている

のか。

「とくに意識はしてないけど、いろんな左の映像は見て研究してるから、自然とっていう

のはあるかも」

半分嘘だ。数多くの映像を見て研究をしているのは事実だが、やはりなんといっても一番集めているのは木暮のものだ。パソコンの中の木暮コレクションの数を当人に知られたら、軽くヒかれるかもしれないぐらいはある。

「そうかー。んじゃ、スプリットも投げんのー?」

「スプリット?」

木暮はスプリットを投げていただろうか。首を傾《かし》げていると、「最近、投げ出したんだってー。試合で投げてるかはわかんないけど。聞いてない?」と同じように首を傾けて池端が聞いた。

「知らないなぁ。今からスプリットを?」

木暮の決め球はスライダーだ。チェンジアップもよく使う。そこに威力あるストレート

もあれば、左投手なら充分戦える。実際、昨年の夏も甲子園で存分にその能力を発揮してきた。

　そしてそれはいずれも、月谷が必死に習得した球である。チェンジアップを決め球にしようとしたのは、木暮がスライダーを得意としていたからというのが最初の理由だ。

　だがスプリットは初耳だ。

　スプリットフィンガードファストボール。高速フォークともいう変化球だが、左で使う投手はそれほどいない。左の場合は、スプリットを使うような場面でもチェンジアップでどうにかなるケースが多いからだ。

　それにスプリットやフォークは、肘《ひじ》に負担がかかると言われている。否定する意見もあるが、左ならあえて手をだそうとする者はそう多くはないだろう。

　だがそういえば、好成績をおさめた夏の甲子園に対して、今年の選抜大会は初戦敗退で終わっている。かなり打ち込まれたはずだ。ひょっとしたらそれで、全国制覇《せいは》にはもうひとつ決め球を、と考えたのだろうか。

「そうらしいよー。昨日炎上したっていうから、もしかしたらって思ってさー。あと肘やったのもスプリットのせいかなーとか」

「肘？　やっぱ肘やったのか？」

月谷は顔色を変えて身を乗り出した。

「いや、ウワサなんだけどねー。うーんやっぱ知らないかー」

カマをかけられたのか。のほほんと笑う池端を、呆れて見やる。

「ごめんごめん。うち、左が苦手でさー。去年も今年も、木暮にやられてんだわ。でもスプリットまで覚えられたら、それこそ手も足もでなくなっちゃいそうだから」

「まあ、厄介《やっかい》だよな」

県内で東明に最も戦力的に近い敵とは、広栄だ。ただしかに池端が言う通り、木暮がエースとなってからは、全敗している。秋などコールドの上に完封《かんぷう》をくらっていた。それはつまり池端が打ち込まれたということでもあるから、屈辱《くつじょく》はひとしおだろう。

「ほんと厄介。あいつ、なに考えてっかわかんないしさー。けどあれだね、月谷ももったいないよねー」

「もったいない？」

「うちの捕手相手ならさー、木暮に近い投球できそうだから」

月谷は思わず周囲を見回した。幸い、近くを整備している者の中に三ツ木の選手はいなかった。というか圧倒的に広栄の選手が多い。凄《すさ》まじい勢いで整備をする彼らに押されて、三ツ木の選手はいつのまにかベンチの中においやられている。

こういう時は互いにトンボの取り合いになるのが常だが、さすが名門校、こういう時も攻略は素早いんだな、とどうでもいいところに感心しつつ、月谷は低い声で「そういうことは言わないでくれ」と言った。

「あーごめん。でも、ガチな状態で夏はやりあいたいからさ。吉良さんも、楽しみにしてたみたいだよー？」

池端はにこにこ笑って、視線を横に流した。

広栄ベンチの前で、若杉と設楽監督、そして白いポロシャツを着た男が談笑している。見たところ四十代半ばで、腹のあたりはやや突き出ているが、全体としては筋肉質な体つき。おそらくあれが吉良だろう。

視線に気づいたのか、三人が揃《そろ》ってこちらを向いた。吉良と目が合うと、にっこりと微笑《ほほえ》まれた。体つきとは裏腹に非常に柔和《にゅうわ》そうな顔立ちで、あまり元プロ野球選手に見えない。そしてやはり見覚えはなかった。

「月谷、ちょっと来い」

若杉がやや強張った様子で、月谷の名を呼ぶ。その瞬間、グラウンドに緊張が走ったような気がした。

「こちら――ヤクルトの吉良さんだ。少し、お話されたいそうだ」

息を呑む月谷の横で、池端はひとり楽しそうに笑っていた。

第三章

1

これは、由々《ゆゆ》しき事態だ。

瀬川茉莉《せがわまり》は、しゃもじを握った右手をひたすら動かしていた。

腕時計は、五時三十分をさしている。机に積み上げたプラスチックのお椀《わん》をとり、炊飯《すいはん》器《き》からほかほかのご飯をよそえば、すぐににゅっと腕が伸びてきて、お椀を奪っていく。次のお椀もその次のお椀も、よそった先から消えていく。

「あれ、今日卵ねーの？」

お椀を受け取った梅谷《うめたに》が、不満そうに言った。いつもなら炊飯器の横に、卵が並んでいるはずだった。

「あっごめんまだ袋から出してない。後ろの棚《たな》にあるからとって。ごめん、みんな卵あるからー！」

早々に白米を食べ始めている面々に声をはりあげる。ご飯待ちで並んでいた二年生の鈴《すず》江《え》と高津《たかつ》が、すぐに棚から買い物袋をとり、卵を取り出してくれた。

「ありがとねー」

「いえすみません、気がきかなくて」

弱々しく微笑《ほほえ》む鈴江の目が、死んでいる。練習試合でのエラー連発を機にすっかりスランプに陥った彼は、毎日いちばん怒声を浴びている。必死に練習しているし、朝練も常に一番乗りをしているぐらいなのに、いざミットを構えるとボールが捕れない。ピッチングマシンの球なら至近距離からでもそれなりに捕れるようになったのに、月谷《つきたに》がマウンドに立つと体が強《こわ》ばって捕れないのだ。以前なら難なくキャッチしていた球も零すようになったので、最近は一年生キャッチャーの宇佐見《うさみ》や、サードの梅谷がマスクを被《かぶ》ることもある。

いっそ内野で使うほうがいいかもしれないということになって、地獄ノックでも一人回数が多かったりと何かと辛《つら》そうだ。

「ううん、あたしがやっとかなきゃいけないことだし。卵いちばん大きいのとっていいよ！」

瀬川が明るく笑いかけると、鈴江は頭をさげて、卵を先輩たちへ配りに行った。すると木島《きじま》が、受け取った卵をそのままポケットにつっこんだのが見えた。

「マキジ、ちゃんとかけなよ！　割れても知らないよ！」

瀬川の声に、木島は露骨に「げっ」という顔をした。

「だから俺、生卵嫌いなんだって〜。お米はそのままで食いたい派」

「あんたの好みなんて聞いてません！　炭水化物だけじゃダメです、ちゃんとタンパク質も一緒にとってくださーい！」

野球部の練習中に補食を必ず入れることにしたのは、昨年の秋からだ。

いちおう今までも、練習前にはそれぞれおむすびや菓子パンなどを食べていたが、練習を強化した以上それではとうてい足りないということで、五時十五分に全員卵かけご飯を食べると決まった。

部室の机の上で異様な存在感を放っている炊飯器は一升用で、ずいぶん年季《ねんき》が入っている。補食をとると決まった翌々日、田中《たなか》部長が「古いですが、炊《た》くぶんには問題ありませんから……」とどこからか持参した。米と卵は部費を少し上乗せして、そこから購入分をまかなうことになっている。

最初は硬すぎたり軟らかすぎたりいろいろあったが、さすがに半年以上炊いていれば慣れたものだ。卵かけを考えると、少し硬めに炊くのがベストである。

部員たちはご飯をかっこみ、用意してあったウォータージャーから麦茶を出しては飲んでいる。時間がないので無言だったが、ご飯を食べると、険しい顔がわずかに和《やわ》らぐ。いいことだ。

以前は、ご飯が喉《のど》を通らない部員がほとんどだった。一年生の中にはまだ辛そうな者もいるものの、大半の人間が今では嬉しそうに頬張《ほおば》れるようになったのだから、たいした進歩だろう。

瞬く間に補食を終えた選手たちは、またばらばらに散らばり、後半の練習へと移っていく。が、みな妙な走り方だ。カニのように素早く横へ移動する者、後ろ向きで全力疾走する者がいる。

グラウンド内を移動する時は、内野はサイドステップ、外野はバックランと決まっている。先日、県外の公立高校と練習試合をしたところ、「限られた時間を有効に使うためにこうしている」と教えられ、さっそくとりいれることにしたらしい。

初日はみな笑いながらやっていたが、ハードな練習が続くとかなり辛い。足がもつれて転倒する者も続出していた。

この日も、鈴江がバランスを失って派手に転んだ。すかさず、笛吹《ふえふき》の声がとぶ。

「集中しろ、鈴江！　何回コケてんだ！」

「はい、すみません！」

すぐに立ち上がり、鈴江は横走りでマシンのほうへと向かう。キャッチングの練習だろう。

「榎本《えのもと》ちんたらすんな！　高津、ちゃんとまわり見て走れ、またぶつかりてえのか！」

笛吹の声を聞きながら、瀬川は返却されたお椀とコップを素早くまとめてグラウンド横の洗い場へと走る。急いで洗った食器を拭いて部室の棚にしまい、練習ノートを確認する。次、自分がやるべきことは、ダッシュの計測だ。

「マネージャー、早く！」

部室の外から声が飛んでくる。はーい！　と叫んで、ストップウォッチをもって駆け出した。

由々しき事態だ。

このままでは、夏が来る前にぶっこわれる。


教室の窓は全開だったが、風は全《まった》く入ってこない。

六月に入り、昨日とうとう梅雨入りしたと天気予報では言っていたような気がするが、空にはまぶしい太陽が輝いている。雨の気配はどこにもない。風もない。

（ああ、今日の練習も地獄決定）

窓際の恩恵をかけらも受けていない席に陣取り、うつろな目で空を見上げていた瀬川は、諦めて日誌に目を戻した。日誌と言っても、教室のものではない。野球部のものだ。

練習の後、当番の選手とマネージャーは日誌を書いて提出する。選手のほうはもちまわりで、その日の練習の反省点や気づいたこと、提案などを記していくが、マネージャーは毎日練習メニューについて詳しく書かねばならない。ならない、というか、自分でそう決めた。書かないと忘れるからだ。

しかし最近は練習後に書く気力がない。家に持ち帰っても、即寝てしまう。十時には就寝だなんて、すばらしい健康優良児っぷりだ。

仕方がないので、部活が始まる直前に猛然と書く。気分は、夏休み最終日の宿題ラッシュに近い。

昨日も最後に、皆が大好きな地獄ノックという名の内野アメリカンノックをやった。やっと抜けられた選手たちは、卵かけご飯を飲み物のように口に流し込んでいた。

補食の後はそれぞれ自主練になるが、あれをやった後はなかなか動けない。よって評判は悪かったが、地獄ノックは毎日ではないものの週に二回は取り入れられている。

傍目で見ていても、気の毒だ。しかし繰り返してこなしてきただけあって、最近は皆あがるのが早くなってきたと思う。

とにかくうちは下半身が弱い。これは若杉も笛吹も言っていた。しかし鬼のように鍛えてきたおかげで、試合でも最後まで全力で走れるようになっているし、夏の過酷な大会も乗り切れるだろう。

(それより、あたしが乗り切れるかって話だよ)

ため息がこぼれ、また顔をあげる。そしてなにげなく開け放した扉のほうを見た瀬川は、次の瞬間席を立った。

ナイスタイミング。ちょうど教室の前を笛吹が通るところだった。

廊下《ろうか》に飛び出して捕まえたのは、階段の前だった。

「笛吹キャプテン……マネージャーが足りません……」

死にそうな顔で訴えると、笛吹はものすごく面倒くさそうな顔をしたが、いちおう足を止めてくれた。

「足りないもなにも、一人だしな」

「うん、だからもっかい募集かけてくんないかな?」

顔の前で手を合わせてかわいらしく頼んでみたが、返ってきたのはブリザード並みの冷たい視線だった。

「やっと来てくれた一年生を一週間で追い出したくせに何言ってんだ」

「追い出してません! あれは勝手にやめてったの!」

むっとして言い返すと、笛吹は呆《あき》れたようにため息をついた。

「こう言っちゃなんだけど、一・二年の、とくに女子の間でのおまえの評判、ヤバいって。今から募集かけても百パー無理」

「ですよねー知ってた！」

がっくりと瀬川はうなだれた。

一年生から三年生あわせて十七名の部員の中で、マネージャーは瀬川一人だ。もちろん去年も、今年の春も、部員募集にあわせてマネージャーも募集していた。

しかし昨年の成果はゼロ。なので今年はポスターもかわいく女子向けにデコってみたりして笛吹に「キモい加工すんな！」と怒られたりもしたが、めげずに貼った。

それでも新入部員の中に女子はおらず、瀬川はかなり落胆《らくたん》した。

昨年夏までなら、一人でもたいして苦ではなかったが、笛吹が復帰してからというもの、部全体が本気すぎる。完全下校の時間は守らなければならないし、練習時間が増えたわけではないのだが、練習メニューが毎日変わり、分刻みになったので、とにかくめまぐるしい。

練習の補佐をしながら日誌を書き、スコアを整理し、古くなったボールを縫《ぬ》い直し、補食も用意する。米は重いので若杉が調達してくるが、卵やドリンクなどは瀬川が近くのスーパーまで自転車をとばして買ってくる。救急セットなどの部品の管理も瀬川の仕事だ。

さらに週末はほぼ練習試合が入っているので、対外交渉なども担当する。大会前にはアナウンスの講習があったりと、多忙を極める。

毎日、練習が終わるころには、へとへとである。帰りは自転車をこぎながら眠りかけ、電信柱にぶつかったこともある。幸いスピードが出ていなかったので、転倒して肘《ひじ》をすりむいた程度で済んだが、あの時に命の危険を如実《にょじつ》に感じた。

部員も手伝ってはくれるが、やはり彼らも自分の練習でいっぱいいっぱいだ。内野アメリカンノックで屍となっているところに、手伝いを頼むのも気が引ける。

困り果て、部活に入っていない同級生の友人に頼んでみたりもしたが、「えー、今から部活ぅ？　ごめん、無理」と半笑いで断られた。まあ、自分が彼女でもそう言うだろう。

もう三年生。進学するにしろ就職するにしろ、将来に向けてそろそろ本格的に準備をしなければいけない。いま部活に打ち込んでいる者だって、夏が終われば必ず引退するのだ。

もちろん、自分も引退する。となると、新チームはどうなるのか。誰がこの膨大《ぼうだい》な仕事を引き継ぐのか？　今のうちに誰か入れていろいろ教えないと、まずい。

青ざめて一、二年の部員をせっついていたところ、なんと先週、ようやく体験入部希望者が現れた。

五月末という半端な時期だったが、なんでもいい。

一年生の女子が、はにかみながら「マネージャーやってみたいんですけど」とグラウンドにやってきた時は狂喜した。

しかも二人も来た。一人は瀬川と同じく一六〇センチぐらいのほっそりした生徒で、まっすぐな黒髪と長い手足が印象的で、青島と名乗った。もう一人の比和《ひわ》はかなり小柄で、ふんわりとした髪をハーフアップにしている。最初に見た時、ポメラニアンっぽいと思うぐらい、愛くるしかった。

二人とも睫《まつげ》毛はきれいにそっくりかえっていたし、制服はすでに数ミリ単位で完璧《かんぺき》に改造済み。

その時点で少し厭《いや》な予感がしたものの、瀬川も人のことは言えない。今はビューラーをかけるヒマがあるなら一秒でも長く寝たいので何もしていないが、昨年の夏までは、目の前の少女たちより自分に手をかけていた。ついでに主将の笛吹に至っては、たぶん女子より髪形に命を懸けていた。

肝心なのは、ここからだ。外見で判断することがいかに馬鹿げているかは、よく知っている。

実際、彼女たちは素直だった。指示をすればすぐ動いてくれたし、かわいいマネージャーが二人入ったことで部員たちもやたら士気があがっていた。

ただ、自主的に動くことはなく、指示された以上のことはしようとしなかった。言うことはきくが、徐々に頼む仕事を増やしていこうとすると、指示した時に一瞬イヤそうな顔をすることがあった。その一方で、投手の練習の時だけは嬉々としてとんでいく。

彼女たちが野球部に来たのは、広栄《こうえい》との練習試合から一週間ほど経過したころだ。広栄で月谷がプロ野球のスカウトに声をかけられたという話は、翌日にはすでに学校に知れ渡っていて、あっというまに尾ひれがつき、すでにドラフト候補ということになっていた。

おかげでその日は練習を見に来る生徒もちらほらいて、当の月谷は涼しい顔をしていたが、大半の部員たちはやりにくそうだった。瀬川のほうも、今まで野球部に全《まった》く関心のなかった友人がやたらと「月谷って彼女いた?」などなど情報を聞きだそうとしてくるのに辟易したものだった。

人の評価というのは、本当にいいかげんだなとつくづく思う。本人はなにも変わらないのに、見た目や、権威ある誰かの一言で、簡単にひっくりかえってしまうのだから。

そのころに青島と比和はやってきたのだから、目的はわかりやすい。若杉《わかすぎ》が「まあしばらくは仮入部でいいんじゃないか」と苦笑していたぐらいだ。

瀬川だってわかっていたが、最初の動機がなんであれ、仕事をちゃんとしてくれるならそれでいいと思っていた。

だが、一年生たちはあまり戦力にならない。忙しさは変わらない。むしろ、彼女たちの動きを見て、指示しながら動くので、逆に増えた気がする。

そして五日目にして、瀬川はとうとうキレた。

「あのさ、そろそろ何すればいいかは一通りわかったよね？　そしたら、言われる前に自主的に動いてくれない？　これじゃ三人もいる意味ないよ」

一年生たちはびっくりしたように顔を見合わせると、「すみません」と謝ってくれた。言い方がキツかったかな、と後悔《こうかい》しかけたところだったから、うっすら涙をためた比和を見て慌てて「あ、わからない時はなんでもきいてくれていいから！」とつけたすと、「はい、本当にすみませんでした。お願いします」と涙ながらに微笑《ほほえ》んでくれた。

その健気《けなげ》な姿に、ちょっととろいけど二人とも素直ないい子なんだな、と思った。思い返せば、自分も入部したころはひどいものだった。ひとつひとつ手探りでやっていたし、ミスも連発していた。スコアも満足に書けない時期が長かった。

彼女たちは、あのころの自分と同じだ。もっと長い目で見るべきじゃないか。いくら忙しいからってこれからは言い方に気をつけよう。深く反省して、またいい関係を築いていこうと瀬川は誓った。

しかし翌日、一年生たちは来なかった。

「ああ、やめたぞ。さっき退部しますって言いに来た」

二人はどうしたのかと尋ねれば、若杉はあっさりと言った。

「え、二人とも？」

「二人とも。ま、苦労かけて悪いが、あと二ヶ月頼むな。先生もできるだけ手伝うから」

申し訳なさそうに慰められても、瀬川はただ茫然としていた。昨日のあの殊勝な態度はなんだったというのか。裏切られた気分だった。

それだけではない。どうも一年生の間に、瀬川についてろくでもない噂《うわさ》が流れているらしい。

瀬川茉莉は、女王様気取りのカンチガイのイタいやつ。自分は監督にもタメ語で礼儀《れいぎ》もなにもなってないのに、後輩にはやたら厳しい。女が邪魔だから、ずっとマネージャーが入部しようとすると裏で手をまわして、邪魔してきた云々《うんぬん》。

聞いた時には、あまりのくだらなさに力が抜けた。他にも、月谷と笛吹の二股《ふたまた》かけているとか、鳥肌が立ちそうな噂まであった。

「なんていうかさぁ……まさか現代にマネージャーと野球部員の甘酸《あまず》っぱい恋模様とかガチで夢見て入部しちゃう子がいるとは思わなかったよねー……」

瀬川は腕をさすりながら言った。

「あるとこはあるんじゃね？　うちはおまえだからありえないだけで」

「ありえなくて悪かったですね！　正直、ときめく余裕があるなら睡眠とりたい。熱烈にサボりたい」

「それはわかるわ。俺も練習メニュー考えるヒマあったら寝たいし今すぐサボりたい」

ため息まじりに返ってきた言葉に、瀬川は目を丸くした。

「意外。改心したと思ったのに」

「なんだよ、改心て。前の俺が間違ってたみたいじゃねぇか」

不機嫌そうに睨《にら》まれる。

「そもそもそれ言うなら、おまえの一年の時もひどいもんだっただろ。今は改心したみたいだけど」

厭味《いやみ》っぽく強調されて、瀬川はむっとした。だが反論はできない。

最近あまりにも全力で青春を強制的に謳歌《おうか》しているので忘れかけていたが、たしかに一年生の時は適当だった。そもそも入部のきっかけが、しょうもない。

瀬川は中学時代、女子バレー部に所属していた。学校全体が部活動にかなり力を入れていて、その中でもバレー部はとくに厳しかった。練習はともかく、上下関係の厳しさに瀬川はどうしてもなじめなかった。

どうしてたったひとつ年上というだけで、さしてうまくもない人間に服従しなければならないのか。反抗期まっさかりの瀬川には、納得いかなかった。

それでも最後まで続けたのは、同級生がいたからだ。

助け合っていた、と言えば聞こえはいいかもしれないが、要するにしがらみだ。先に裏切るなんて許さないという無言の圧力があったし、もしやめてしまって教室でも無視されたりしたらと思うと、勇気がでなかった。

だから三ツ木《みつき》高校では、最初から部活に入るつもりはなかったが、運の悪いことに、バレー部の仲間がもうひとり三ツ木に来ていた。

彼女はもちろんここでも女子バレー部に入り、執拗に瀬川を誘った。ここなら中学よりずっと楽しいよ、と三ツ木バレー部の素晴らしさを何度も語った。

しかし瀬川は、あの息詰まるようなしがらみは絶対にごめんだった。先にどこかに入ってしまえば、きっと相手も諦める。

そう思っていたころ、ちょうど球技大会があった。同じクラスの木島が突き指をしたので、保健委員である瀬川が保健室に連れていったところ、保健室の先生が大忙しだったので、とりあえず瀬川がテーピングをしてやった。

するると木島が、固定された指をしげしげと見やり、感心したように言った。

「瀬川、うまいなー。いっそ野球部のマネージャーやらない？」

「やる」

木島が驚くぐらいの即答だった。

男子硬式野球部。これならどうやっても相手は手出しできない。それに野球部は創部以来弱小もいいところで、今まで女子マネがいない時のほうが多かったとかで、二年ぶりらしい女子マネの参入を喜んでくれた。

上下関係もゆるゆるで、みな和気藹々《わきあいあい》と練習しているところが気に入った。野球は最低限のルールしか知らなかったので、スコアの付け方などをおぼえるのは少し面倒だったが、それも含めて新鮮な経験で面白かった。

しかし、野球部での活動が楽しくなってくるころには、妙な噂がたっていた。

いつの時代も「女子マネージャー」というものに多かれ少なかれついてくる偏見を悪意によって膨《ふく》らませたもので、まったくばかばかしかったし、出所もわかりきっていたので無視を貫いた。そうこうしているうちに、中村《なかむら》が主将についたことで部内が分裂してしまい、くだらない噂のことなど完全に忘れ去っていた。

しかしその翌年、さらに今年も女子入部者ゼロという現実や、今回の噂が一気にひろまったところを見ると、水面下でずっと悪評は続いていたのだろう。

「そりゃまあ入部の動機とかはちょっとあれだけど……ふっきーがやめてからは、かなりまじめにやってたし」

思い出したくないことまでいろいろと思い出した瀬川は、顔をしかめて言った。

「ならそのまま夏まで頑張れ」

右手をふって、さっさと階段を下りていこうとする笛吹を、慌てて追う。

「いやいやちょっと待って！　まだ話終わってない！」

「なんだよ。練習始まんだけど」

そう言いつつも、笛吹は足を止め、階段の手すりに寄りかかった。

「……マネージャーの件はわかったけどさ、さっきのあれ」

「あれ？」

怪訝《けげん》そうに訊き返されて、瀬川は口ごもった。

「ふっきー、サボりたいし、改心してないんでしょ？　それってさ……戻ってきたの、後《こう》悔《かい》してるかんじ？」

おそるおそる尋ねる瀬川を、笛吹は意味がわからないといいたげに見返した。

「それはない」

「だ、だよね！　じゃなきゃ、あんなガチでできないよね！」

ほっとした。

最初に、監督に笛吹を復帰させてほしいと言い出したのは自分だ。部内にそういう空気があったのは事実だったが、今考えてもあれは勇み足だった。

しかしその後、東明との試合を見て、改めて笛吹は必要だと心の底から思った。もしかしたら奇跡が起こるかもしれない。そう思わせるような、びりびりするような緊張に感動しながら、その感覚が懐かしくて泣きそうになった。

自分が昔バレー部に残っていたのは、しがらみだけじゃない。

こんなふうに、体じゅうの血が沸騰《ふっとう》する瞬間が、たしかにあった。他のものでは絶対に得られない、皆で勝利するという至上の歓喜。だから自分は、最後までそこにいた。

ああ、これをもう一度味わいたい。

そしてここにいる仲間たちは、皆そう思っている。きっと野球部から去った者たちだって。いや、これを手に入れるためには、彼らはどうしたって必要なのだ。

「じゃあ、あのさ。みんなへの注意の仕方とか、もう少し考えたほうがいいかも、とか思ったり」

我ながらひどく回りくどい言い方だった。ここ数日ずっと、どう切り出そうか迷っていたが、結局ろくでもない形になってしまった。

「言い方?」

「痛いとこズバッと刺す感じじゃなくて、もうちょっと相手が受け入れやすい言い方にしてみたらとか、そういうことかな」

笛吹は、くだらないと言いたげに首をすくめた。

「俺そういうタイプじゃねーし、そもそもクソしんどいことやってる時にそんな気遣いしてる余裕ない」

「うん、だよね。でも鈴江とか考えこんじゃうタイプには、あんまズバズバ言うと追い詰めちゃうし……」

「まあ俺がキツすぎたら、監督がフォローするからいいんじゃね。あいつ、野球は話にならんけどそういうのはうまいし」

「だからそういう言い方……あっちょっと!」

引き留める間もなく、今度は笛吹はさっさと階段を駆け下りていく。くだらない話にこれ以上つきあうのはごめんだと言いたげな態度だった。

「……まあ、言ってることは間違ってないんだけどさ」

だからよけいに厄介というか。人間の心はそう単純じゃないというか。——ああ、ぶっこわれないといいなあ。

瀬川はため息をつき、廊下の窓から空を見上げた。いっそ、大雨でも降ってくれればいいかもしれない。

2

『連載：夏への道（第五回）　躍進する公立高校（後編）』

この春、大きな成長を見せた三ツ木《みつき》高校も、プロも注目する左腕・月谷《つきたに》を中心に、夏に向けて注目を浴びている。総勢十七名のチームを率《ひき》いる若杉《わかすぎ》監督（28）は、実は三ツ木高校に来るまで野球経験がほとんどないという。

「おかげで生徒たちがずいぶん頼もしくなりました。練習試合の後でも生徒同士プレーのコツや練習メニューの組み方などよく話しているようで、今では自分たちで毎日メニューを組んできます。私は何もしていないんです」と謙虚に語る。

「以前は負い目もあったのですが、最近は素人《しろうと》だからこその視点を大切にしています」。

生物教師ゆえ栄養面についての指導を強化し、またデータを分析してそれぞれの選手の傾向を数値化しているという。主将の笛吹《ふえふき》も「一目でわかる形にしてくれるので、わかりやすい。自分だけではなく、チームメイト同士どう補うべきか参考になる」と語る。現実に、打撃は上向いているという。この夏の躍進が期待できる。泉千納《いずみちな》』

職員朝礼の最後に、校長は今朝の新聞を教師たちに広げてみせた。

「皆さんもご覧になったと思いますが、蒼天《そうてん》新聞さんに野球部の記事が載っています！」

大仏のような顔をほころばせて彼は語る。いくつかの視線が、若杉のもとに集まった。

「生徒たちは可能性の塊《かたまり》です。部活動において、彼らの自主性を引き出し、楽しさや喜びを味わわせ、より豊かな学校生活を目指すとともに人間として成長させる。それが我々教師の役目です。そこに経験の差は関係なく、生徒とともに自主的に何ができるかを探っていく姿勢が大事なのです。若杉先生は、じつによくやっていらっしゃる」

「は、い、いえ……田中《たなか》先生にずいぶん助けていただいているので……私はとくに……」

若杉はしどろもどろになりながら、助けを乞《こ》うように、田中に目をやった。野球では頼りになる部長は、いつも通り起きているのか寝ているのかわからない様子で、ぼうっと佇《たたず》んでいるだけだった。

「田中先生も今年は非常に積極的に部活動に参加されていて、頼もしい。野球部の躍進は、お二方の努力のたまものです。先日の組み合わせで無事予選の相手も決まり……ええと若杉先生、初戦はいつでしたかな？　相手は？」

「来月の十一日、熊谷《くまがや》公園球場第二試合です。相手は多賀部商《たかべしょう》です」

噴き出る汗を拭《ぬぐ》う。

昨年はいきなり初戦で東明《とうめい》を引き当てるという大波乱だったが、今年は春ベスト16なのでDシードをとれている。そのためいきなり超のつく強豪《きょうごう》とぶちあたることはないが、今回の初戦の相手である多賀部商も去年までなら普通に負けている相手だ。

そしてAシードのブロックに入ってしまったため、順調に勝ち進むと四試合目で東明にあたることとなる。そこまでにも、公立の強豪が手ぐすねをひいて待っている。

おかげで昨日の笛吹は「なんかすげーハンパ」といじられていたが、大半の者が、三試合は勝てるなと踏んでいただろう。同時に、東明をクリアすればほとんど優勝だとも。

「ああ、そうでした。今年は一丸となって、野球部の応援をいたしましょう。生徒たちにとっても、一丸となって応援することは良い機会となるでしょう。吹奏楽《すいそうがく》の準備もどうぞよろしくお願いします、堀《ほり》先生」

名を呼ばれた女性教諭は、にっこりと微笑《ほほえ》んだ。

「はい、ただいま応援曲を練習中です」

大会に応援に来てほしいと春に頼んだ時に、何を言っているんだコイツと言いたげな目で「すみません無理です」ときっぱり断られたのは夢だったのかと思うほどの好感触だ。

「野球部同様、皆さんもお忙しいとは思いますが、部活動にますます励《はげ》んでください。我が校はとくに運動部が消極的といいますか、もう少し熱を入れてもよいのではないかと思いますよ。夏休みを前に、各分野の大会も多く、三年生にとっては最後の夏となります。よりよい思い出を築けるよう、お願いいたします」

新聞をたたみ、校長が一礼すると、教師たちも一礼した。

若杉はだらだらと汗をかきながら、席についた。校内行事ラッシュの六月も、あと一週間で終わろうとしている。梅雨《つゆ》まっさかりの高い湿度も、冷房のよくきいた職員室にはあまり関係ないはずだが、いやな汗が止まらない。

「野球部、すごいですねえ。月谷くんがドラフト候補というのは本当なんですか」

席に座ると、すかさず堀が話しかけてきた。若杉より五歳近く年長で、担当は英語だ。机が遠いこともあって、必要最低限のことしか話した記憶はないので、彼女のほうから近づいてくるのは非常に珍しい。

「い、いやいや。まさか。いい投手だと思いますけど、彼は一四〇とか出ませんし」

「でも先週出た高校野球雑誌にも、隠し球として紹介されていましたよ。すごいじゃないですか」

よく知っているなと舌を巻く。新聞はともかく、野球雑誌を買うのは相当ではないか。おそらく自校の生徒が出ているとウワサを聞きつけて購入したのだろうが、嬉しいというより戸惑いのほうが大きい。

練習試合でたしかにスカウトが月谷に挨拶《あいさつ》し、二、三投げ方についてアドバイスもしたが、本当にそれだけだ。若杉にも「いい投手ですね」と褒めてはいたが、「いいチームですね」同様に含みは感じなかった。

「うちからこんな子が出るなんてねえ。月谷くんは授業でも真面目《まじめ》だし、応援したくなりますね」

「えっ⁉」

突然大きな声を出した若杉を、堀は驚いたように見返した。

「なんですか？」

「いや、すみません、なんでもないです」

あの野郎、俺の授業は寝ているくせに。英語はきちんと受けるのかコノヤロウ。とはさすがに言えない。

「そういえばネットのほうでは、笛吹も紹介されていましたよ」

　正面に陣取る教師が、口を挟む。恰幅《かっぷく》のいい数学教師で、見るたびにいつもネットサーフィンをしているが大丈夫なのかといつも思う。

「そこのサイト作成者は素人ですが昔から有名な人のようでねえ、春に見たとかで。欠点も多いが将来が楽しみな逸材《いつざい》だと書いてありました」

「そ、それは光栄ですね、ははは……」

「今年の夏は賑《にぎ》やかになりそうですねえ。全校応援なんて、はじめてじゃないですかねえ」

「こ、コウエイ…デス……」

「そうだ若杉先生、吹奏楽の定番曲の譜面は揃《そろ》えたんですけど、なんでも選手ごとに応援曲を決めるものなんですって？　皆さんの希望の曲があったら教えてくださいませんか。好きな曲演奏したらテンションあがって打てるでしょう！」

「ソウカモデスネ……」

　だんだん自分が何を喋《しゃべ》っているのかわからなくなってきた。

　期待されるのはありがたいが、過剰《かじょう》なものは重い。今のチームが強いのは、本当にたまたまだ。

たしかに高校生の成長は凄《すさ》まじい。それは知っているつもりだったが、月谷の成長は予想をはるかに上回るものだった。そして笛吹のリーダーシップがまったくの予想外だった。この二点につきる。

本気で甲子園《こうしえん》に行きたいと月谷が打ち明けた時、こちらも本気でなんとかしてやりたいとは思った。去年は自分のわがままで中村《なかむら》ら三年生を優先したし、今年は月谷たちの思うようにさせてやりたかった。

だが、なんとかしてやりたいと思いつつも、頭の中の冷めた部分では、どうにもできないだろうと思っていた。

それがわずか数ヶ月で、月谷はとんでもない成長を見せた。田中のツテを伝い頼みこんで指導に来てもらった名門実業団チームのピッチングコーチが、「就職するつもりでしたら、うちの会社も候補に入れてもらえませんか」と本気か冗談かわかりかねる表情で若杉に打診《だしん》してきたほどだ。

そして笛吹。センスは抜群も主将としての能力は疑問視していたが、これは自分が見誤ったと反省している。中村との件があったし反抗的だったので色眼鏡《いろめがね》で見てしまったところは認める。

憎まれ役に徹してでもチームを引き上げようとする姿勢を見て、笛吹があえて三ツ木を選んだ理由がわかったような気がした。

中学時代、厭《いや》でたまらなかった「エース」を髪が抜けるほどのストレスの中でこなしていたように、必要だと言われれば全力で応じてしまうのだろう。

気にして日々チェックをしているが、あれ以来、髪は抜けてはいない。が、ストレスは相当なものだと思う。

彼ら二人をメインに、三ツ木野球部は一足飛びに階段を駆け上がっている。どちらか一人が欠けても難しかった。部員たちもじつによくついてきた。田中がいてくれたのも大きい。

そして、周囲の指導者たちだ。おっかなびっくり参加した県内の監督会で多くの監督と知り合い、教えを乞《こ》えば皆快く効果的な指導法を教示してくれた。監督会の理事長である広栄《こうえい》の設楽《したら》監督などは、全国から殺到する申し込みの合間を縫《ぬ》って、練習試合も組んでくれた。

「練習試合をどんどんしたいというのは、正しいですよ。私も駆け出しのころ、県内の強豪《きょうごう》に練習試合を申し込んではずいぶん断られ、悔《くや》しい思いをしました。ですから私は、本気で申し込んでくる相手ならばどこでも練習試合を受け入れるようにしているんです」

その言葉にどれほど救われたことか。練習試合の日程は何ヶ月も前、それこそ半年も前に決まることも少なくないので、広栄とやると決まった時点で、他の学校への申請《しんせい》も格段に通りやすくなったのは、なにかの手品でも見ているようだった。

三ツ木野球部は、周囲に育てられたと若杉は思っている。それを全力で選手たちが吸収した結果だ。

そこはいい。だがわずか数ヶ月のうちにこんなに評価が反転するとは思わなかった。

過剰な期待は、困る。とくに今は。

なにしろ野球部は今、若杉が監督に着任して以来最大のピンチを迎えている。ひょっとしたら、夏の大会どころではないかもしれないのだ。


「野球部やめます」

鈴江《すずえ》が思い詰めたような顔で言ってきたのは、昨日のことだ。

組み合わせも決まり、夏に向けてラストスパートに入る時期。

例によって週末には練習試合が入っていたが、先日の相手はいわば格下だった。去年まではほぼ同じレベル、そして学校も近いということで、よく練習試合を組んでいた相手だ。

選手たちは完全になめてかかっていた。春大会ベスト16、今やはるか格上と思われた相手にも勝利する力がある自分たちだ。練習にもならねえよ、と嘯《うそぶ》く者もいた。

しかし結果は、敗北だった。月谷以外の投手を投入したことを差し引いても、点を取られすぎた。

連鎖するエラー、大振りするばかりで全くつながらない打線。

ボロ負けした広栄戦とたいして変わらない。いや、内容としてはこちらのほうがずっとひどい。

「なめてかかるからこうなるんだ！　考えなしにプレーしていたら、悪い流れを断ち切ることもできない。ただずるずるいくだけだ。広栄《こうえい》はうちと試合をする時、なめてたか？　ただ大振りしていたか？　よく考えろ！」

試合後、若杉は久しぶりに額に青筋を立てて叱りつけた。

今まではほとんど怒鳴りとばすことをしなかったし、選手が決めたことにあまり口出しもしなかった。

正直言って、監督が徹底して型にはめた指導をしたほうが楽といえば楽だ。選手に任せると規律がなくなりがちだし、だらけだしたら止まらない。だから徹底した指導のもと練習したほうが効率的だし、成長も断然早い——以前、指導法について相談した時、田中《たなか》部長はそう語った。

「自分もかつてはそうやっておりましたしね……でもたしかにこれは手堅いですが、生徒の自主性は育ちません……。自立していないので、試合中に悪い流れがきても、どうしていいかわからず、格下の相手にもころっと負けるのですよ……。監督が采配をふるうとは言ってもね、結局、試合をするのは生徒たちなので……」

彼の話を聞いて、若杉は生徒の自主性に任せ、可能なかぎりサポートする方針をとった。そもそも素人の自分に、徹底した管理指導などできるはずもない。生徒がダラけた時にはきっちり締めようと決めていたが、主将の笛吹《ふえふき》が目を光らせていたため、叱りつけるような場面はほとんどなかった。

なのにここにきて、格下にあっさり負けた。生徒たちはどうしていいかわからずおろおろして、やがていらつき、よけいにエラーを生んだ。チームプレイもなにもあったものではなく、雰囲気も最悪だった。

「このままでは甲子園どころか、夏に一勝もできんぞ。どういうチームを目指してきたか、どういう野球をやりたいのか。皆で改めてよく考えろ」

そう言い渡した矢先の、鈴江の退部宣言である。

ただ、若杉は困りはしたが、驚きはしなかった。春大会からスランプに陥《おちい》り、回復の兆《きざ》しがなかなか見えず悩んでいることは知っていたし、最近は凡ミスも増えるようになってきた。

キャッチングの練習につきあったり、時には話し合ったりしてきたが、あまり改善は見られなかった。昨日の試合では、気分を変えさせようとファーストを守らせてみたが、そこでもミスをしてしまい、点を失った。さすがに周囲も、かける言葉を失ってしまった。重症である。

だから、やめると言ってくることも想定していた。しかし――

「俺も無理です」

まさか、もう一人いっしょに来るとは思わなかった。

レフトの高津《たかつ》である。

こちらはとくに悩んでいるようには見えなかったから驚いた。ただ、隙《すき》あらばサボろうとしているのは知っている。そのせいでとくに笛吹に怒られるはめになり、よくふてくされていた。

え、なんでおまえも来んの。ぶっちゃけ便乗してない？　と言いたいのをこらえ、冷静な教師の顔を繕《つくろ》う。

「そうか。まずは、理由を聞いてもいいか？」

昼休みの生物準備室は人気《ひとけ》がない。そのため、相談事がある部員はだいたい昼にやって来る。

促しても、鈴江はなかなか口を開かない。青ざめた顔でうつむいている。隣の高津も、最初は鈴江が言うべきだと思っていたのかしばらく黙っていたが、痺《しび》れをきらしたように話し出した。

「体力的にも精神的にも、もう限界です。どういう野球したいかよく考えろって、監督言ったじゃないですか。先輩たちは甲子園とか言ってますし、できれば協力したいと思ってましたけど、俺やっぱ普通の部活動したくて入ったし、もうついていけないっす。疲れ果てました」

「……そうか。あと一ヶ月もすれば、三年生は引退だ。今まで一年半頑張ってきて、あと一ヶ月がまんすれば、高津たちのチームになるんだ。あと一ヶ月、がんばってみないか？　もったいないじゃないか」

月並みだなと思いつつ、やんわりと引き留める。

「それは何度も考えました。な、鈴江」

高津は隣の鈴江に目を向けた。鈴江は、蚊《か》の鳴くような声で「……はい」と言った。

「たしかに前は、あと三ヶ月、あと二ヶ月ガマンすればって思いながらやってきました。でも、あと一ヶ月って思ったら、本気で吐きそうになって。嫌いなもの頑張って食べてたけど、あと一口がどうしても入らない時ってあるじゃないですか。あれに近いもんかなと」

どういう喩《たと》えだよ。若杉は心の中でつっこんだ。たしかにあと一口が入らない時はあるけど。

「毎日くたくたで帰っても何もできないし、このままじゃ中間テストに続いて赤点確実だし……。なんで他のことぜんぶ犠牲にして野球やってんのかなって疑問に思ったら、止まらなくなったんです。甲子園行きたいって言い出したの今の三年だけで、別に俺らそんなこと一言も言ってないのに。今の一年は、三年生があなってから入部してきたから、まあわかって入ってきたんだろうけど、俺らの時はまだ普通の部活だったし」

「津島《つしま》と阿久《あく》も知っているのか？」

「いちおう話しました。最初は引き留められたけど、わかってくれました」

高津は喋《しゃべ》りながら、ちらりと鈴江をうかがい見た。

「鈴江も同じ気持ちなのか」

水を向けると、鈴江ははっとしたように顔をあげた。目が合うと、一瞬息を呑《の》んだが、すぐに覚悟を決めたように見つめてくる。

「はい」

「なら、自分の口で説明しなさい」

体の両脇に垂らした手が、きつく握られるのを見る。

「……こんな時期にやめるのは、チームに迷惑だと思います。よく考えました。でも、今の俺はいたほうがもっと迷惑がかかるし、大事な時に雰囲気《ふんいき》悪くするだけです」

「自分がやめたいからじゃなくて、迷惑だと思うからやめるのか？」

「両方です。先輩たちの目指すチームにも、俺が望むチームにも、今の俺はなんかちがうって思うんです」

きっぱりとした口調だった。本当に迷い抜いて決めたのだろうということがわかる。

若杉は小さく息をついた。

そんなことは、認められない。一言、そう言えれば楽なのに。

「そうか。まあ、部活動ってのは、義務じゃない。学校生活を豊かにするためのものだし、ただ苦しいだけなら続ける意味はない」

二人の生徒はやや拍子抜けした顔をした。まず引き留められると思ったのだろう。

「だからおまえたちが考えに考え抜いてそう決めたら、先生は止めるつもりはない。残念だとは思うけどな。ただ、単にもうイヤだというなら」

「そうじゃないっす。考えに考えた結果っす」

遮《さえぎ》るように、高津が言った。鈴江の顔色はますます悪くなっている。

「なら、それをきちんと主将に伝えろ。それと鈴江は、月谷にもな」

月谷の名に、鈴江の肩が大きく揺れる。

「……先輩にも言わなければダメですか」

「そりゃバッテリーだからな。バッテリーってのは一心同体なんだろ?」

「最近は……主に一塁守ってましたし……」

「でも正捕手はおまえだ。月谷だってそう思ってるだろう」

鈴江は応えない。

若杉は、ひとまず預かると応えるしかなかった。

結局、昨日の練習には鈴江と高津も参加したが、笛吹と月谷には何も言わなかったようだった。気持ちはわかるが、やはり話さなければ何も始まらない。むしろ、話すことで心変わりしてくれまいかという期待があった。

どちらの気持ちもわかる。そして今は、去年中村にそうしたように、笛吹たちを優先している。最後の一口が入らないと言うが、あと一ヶ月どうにか耐えてほしいと願うばかりだった。

「大丈夫ですか、若杉先生……」

午前の授業を終え、ふらふらと職員室に戻ると、田中に声をかけられた。朝礼の時に大量の汗をかいていた理由を知るのは、彼ぐらいだろう。

「いやあ、もう自己嫌悪で泥沼です」

椅子《いす》の上でひとつ大きく伸びをすると、立ち上がった。

「自己嫌悪……ですか……？」

「後手にまわったなぁと。もっと介入すべきだったかもしれません」

素人《しろうと》だからこその負い目。新聞記事にはああ書かれていたが、そこまで割り切れているわけではない。

真面目《まじめ》に打ち込めば打ち込むほど、自分がいかに何もわかっていなかったかを知って愕《がく》然《ぜん》とする。試合中はとくに辛い。もちろんゲームメイクのセオリーなどは頭にたたきこんではいるし、練習でもさまざまなケースを想定しているが、いざ采配《さいはい》をしてなんとか勝てた時はいいが、負けた時は延々と落ち込む。あそこはああすればよかった、とキリがない。

生徒のためには、監督を替えたほうがいい。せめて経験豊富な田中にすべきではないかと校長にも訴えたが、校長も田中も首を縦にふってはくれなかった。

データ方面の補助、これだけはと思って生徒にも負けぬほど特訓したノック、そしてメンタルケア。落ち込んでいる者は練習中や昼休みによく部室、もしくは生物準備室に呼んで話を聞いた。

だがもっと、どんどん介入していくべきではなかったか。素人だからと言い訳せず、それこそ徹底した管理野球でもすればよかった。自主性を育てると言いながら、結局、月谷と笛吹に依存しきったチームが出来ただけではないか。

「私は自主性に任せる方針は、まちがってはいなかったと思いますが……」

田中の言葉に若杉は小さく笑った。

「しかし、私自身、逃げていたかなと」

「逃げ」

「今の三年生には遠慮《えんりょ》がありました。彼らに我慢をさせてしまったという負い目から、私自身の劣等感……それらが相まって、いまいち距離が摑《つか》みにくいところがありました。でもそのせいで二年生により大きな我慢を強《し》いていたのかと思うと……。先生がおっしゃったように、チームは本当に毎年変わるのですね。こうまで正反対のチームになるとは思いませんでした。来年のことを考えると頭が痛い」

「まったくです……。常に、こちらは試行錯誤《しこうさくご》ですが、彼らにとってはそれぞれ唯一の一年ですから……。失敗した、では済まされません……」

自身、あまりに手痛い失敗をし、二十年も野球から遠ざかることになった田中は、しみじみと遠い目をして頷いた。

「どうにか鈴江には考えてほしいんですが、この状態からどうにかなるものでしょうか。あれは完全にメンタルがやられているでしょう」

「そうですね……。なにか、外に目を向けられるようなきっかけがあればいいのですが。それはそうと……高津のほうは、よいのですか……？」

田中の言葉に、若杉は眉を寄せた。

「彼はおそらく便乗でしょう。あれこそ逃げです」

「しかしそれを言うなら、笛吹と木島《きじま》もかつてそうですから……」

嫌悪を隠しきれない若杉の若さを、田中がやんわりとたしなめる。

「あの時、笛吹はともかく……木島が一緒にやめた時は、ずいぶん驚いたものです……。彼は中村ともうまくやっていましたし……あの性格ですから……」

「そう言われれば、そうですね」

「木島の場合は……おそらく、笛吹をいつか野球部に戻すためというのもあったんじゃないかと思うんですよ」

「え？」

若杉は目を瞬いた。意味がわからない。なぜいつか戻すために、一緒にやめる必要があるのか。

「笛吹は、まあプライドも高いのですが、寂しがり屋といいますか……。あの学年でたったひとり、もう必要ない人間として追い出されてしまっていたら、部員たちがその後どれほど誘ったところで……やはり、戻れなかったのではないかと思うんです……。木島は、彼のことをよくわかっていますから……ひとり味方がいないと、と思ったのではないかな、と……」

目を丸くして聞き入っている若杉に、田中はほんの少し微笑《ほほえ》んで「あくまで私の推測ですが」と言った。

「……そういう考え方はしたことありませんでした」

若杉の目から見る木島はひたすらお調子者だ。復帰する時もほとんどノリで突破したようなものだ。今もしょっちゅう笛吹に厳しすぎると愚痴《ぐち》を——

「あ、ああ、そうか」

目から鱗《うろこ》だった。あれは、木島しか言えないからだ。だがいつしか木島自身、最後の夏を目前にして必死になって、最近は文句を言うこともなくなった。

「木島はね……野球部をやめていた時期、私に一度だけ相談したことがあるんです。自分はともかく……笛吹が野球をやらないのはもったいない、どうにか戻せないか、と……。私も笛吹の家によく行っていた時でしたから……まあ結局、当時はなんの成果もなかったのですが……」

語り口調は自嘲《じちょう》の影が感じられたが、若杉は少し感動していた。

「では、高津もそのケースが考えられるということですか」

「彼自身ももちろん不満はあったとは思います……。ただ、鈴江を今のままチームに置いておくことはできないと思ったのではないですか。あるいは木島に、同じように示唆されたのかもしれませんが……」

「なるほど。単に便乗と思ってしまった自分が恥ずかしいです」

「いや、その可能性もあります。木島の件だって、私の推測ですから」

田中は遠慮がちに微笑んでいたが、おそらく彼の言葉にまちがいはないだろう。高津に覚えた違和感が、それで払拭《ふっしょく》されたからだ。

「田中先生がいてくださって、よかった。私は本当に、何を見ていたんでしょうね」

「私は彼らと一年長くつきあいがあるだけですから」

田中は照れたように微笑み、それから何かに気づいたように、「あ」と言った。

「そうだ。彼を呼びましょう」

「彼？」

反射的に訊き返した数秒後に、若杉も「あ」と手を打った。

田中が微笑む。

「こういうことは、我々より年の近い者のほうが引き出せます」

3

笛吹《ふえふき》は彼を見て、「げっ」と呻《うめ》いた。

月谷《つきたに》は驚いたように目を瞠《みは》った後、笑顔になった。

鈴江《すずえ》はいつも通り青ざめた顔ながらも微笑んで挨拶《あいさつ》をし、木島《きじま》は「中村《なかむら》せんぱあああぁぁぁぁい！」と飛びついていた。

「あはは、木島あいかわらず元気だな。みんな、久しぶり。大きくなったな！」

木島に飛びつかれても、わずかに足下が揺れただけで、中村の体はびくともしない。丸顔と身長で騙《だま》されるが、彼の体幹は凄《すさ》まじい。

「大きくって……さすがに成長期は一段落ついてますけど」

笛吹があきれ顔で反論すると、中村は木島を引きはがしつつ言った。

「体つきだよ。久しぶりに見たから違いがよくわかる。みんなひとまわりはデカくなってる。相当頑張ったんだなあ、さすがだ笛吹」

「……いや、べつに俺は……」

「ベスト16なんて鼻が高いよ。今日は練習の手伝いに来たんだ。いくらでも使ってくれ！」

満面の笑みで胸をたたく中村は、しっかり三ツ木《みつき》の練習着に着替えている。今は草野球チームで日曜朝に汗を流すだけだというが、体形はほとんど変わっていないこともあり、こうしていると在校生となんら変わりない。

「そういうわけだ。球出しでもなんでもしてくれるぞー。夏の大会まで、土曜は来てくれるそうだ」

「マジかよ……」「マジすか〜！」

笛吹の言葉にかぶせるように木島が叫ぶ。他の三年生と二年生もほっとしたように顔を見合わせ、そんな上級生たちを一年生が不思議そうに見つめていた。

その後、中村はひたすら「すごいな！」を連発した。

自分がいたころよりずっと時間が短く、そのかわり素早く展開されるキャッチボールに感心し、基礎バッティングでトスを出してはスイングの鋭さに感嘆《かんたん》し、シートノックでは監督のかわりにノックを打ってはことごとく捕られるので驚嘆した。

「なるほど、ベスト16は伊達《だて》じゃないですね。俺がいたころとは完全に別チームですよ、監督」

休憩時間、興奮気味に若杉《わかすぎ》へ語りかける彼は、少年のように目を輝かせていた。本物の賞賛だ。

「いや俺じゃなくて、主に笛吹が頑張ったんだけどな。メニューとか、毎日組んで出してもらってんだ」

「へえ。さすが。俺、そんなに頭使えなかったですよ」

中村は心底嬉しそうに笛吹を見た。

「最高のチームだ、笛吹。俺も一年生になってこのチームに入りたかったよ。俺、ほんとはこういうチームがつくりたかったんだなって思った」

笛吹が息を呑《の》む。

「ここにいるみんなはラッキーだ。たぶん笛吹は、三ツ木史上最高のキャプテンになる。そんでみんなは、三ツ木最高のチームになる。そして俺は最高の先輩になれる！　ありがとう！」

中村は輝くような笑顔で言った。後半の論法がいまいち謎だが、彼が本心から最高だと思っているのはよくわかった。

中村のすごいところは、こういうところだ。若杉はつくづく感心する。心底野球が好きで、だから手放しで喜べるし、賞賛できる。人によってはそらぞらしく聞こえそうな言葉ですら、中村と一緒にプレーした人間ならば、彼の心がそこにあることが必ずわかる。

努力は必ずしも実らない。そう知っていてなお、全力で努力する。自分の好きなことをまっとうする。中村も月谷の球を捕れなかったが、それでスランプに陥《おちい》るようなことはなかった。野球をやめたいと思ったことも、一瞬たりともなかっただろう。

それこそが希有《けう》な才能だ。そう思ったからこそ、若杉は中村をチームの中心に据え続けた。

実際、中村の賞賛を受けて、選手たちは嬉しそうだった。高津《たかつ》あたりは困惑しているようだったが、それでも口許《くちもと》はわずかにほころんでいる。鈴江はまだ表情が硬かったが、このところずっとうつむき加減だった顔がまっすぐ中村のほうを見ていた。

「こういうチーム、つくりたかったんですか?」

奇妙なものを見るような目をして、笛吹は言った。声はややかすれていた。

「うん」

「……そっすか」

毒気を抜かれて、笛吹は息をついた。ため息とともに、常に力が入っていた肩が、ふっとさがった。

笛吹は、自覚しているかどうかはあやしいが、明らかに中村に大きなコンプレックスを抱いている。強いチームにこだわったのは、甲子園《こうしえん》という目的はもちろんとして、根底には中村を見返したいという思いがあったのだと思う。

もちろん中村は全く気づいていないだろう。心から笛吹に感謝し、尊敬の念を抱いているのがわかる。

チームにずっと張り詰めていた緊張が、やわらかく緩《ゆる》む。やはり主将の力というものはすごいな、と若杉は思った。

笛吹が緊張を解いた瞬間にチームの色が変わった。そしてそれを解いたのも、また主将なのだ。

「あの、監督。ひとついいですか」

中村はにこにこと皆を見回した後、若杉に向き直った。

「なんだ」

「久しぶりに月谷の球受けてみたいです。今の俺じゃあ、受けられるかわかりませんが」

「おう。月谷、どうだ」

「もちろん喜んで」

中村は嬉しそうに頷くと、鈴江に目を向ける。

「鈴江もいいか？」

鈴江は一瞬息が止まったような顔をしたが、すぐに笑顔をつくり「もちろんです」と応えた。

第四章

1

LINE の通知音が鳴った。

卓上の充電器から急いでとると、表示には「ぐれこ」と出た。木暮《こぐれ》だ。急いで開くと、ただ一文。

『今ってヒマ?』

無意識に詰めていた息が、大きなため息にふくれあがった。

なにしろこれが、一ヶ月と十日ぶりの会話だ。春季県大会のころから何度も LINE を送って、ずっと既読《きどく》すらつかなかった。

それがようやく連絡があったと思ったら、一言の謝罪もなく、これか。こみあげてくる怒りをやりすごし、『それなり』とだけ返信した。

『なら九時ぐらいにちょっと話せる? そっちまで行くから、なんか公園とかいい場所あったら教えて』

送られてきた文面は、思いがけないものだった。こっちに来る? 東明《とうめい》の寮がある駅からは、乗り継ぎを二回して四十分近くかかる。いやそもそも、寮から勝手に出られるわけがないではないか。

『何言ってんだ、無理だろ。あ、近くならジョギングとかでいけるんだっけ？　用あるなら近くまで行ってもいいけど』

そう返すと、数分の間を経て返信があった。

『いや大丈夫。今、家に戻ってるから』

「えっ」

思わず声が出た。

家って、実家か。昔、月谷《つきたに》も住んでいたあの懐かしい界隈《かいわい》の。

『まじ？　なんで？』

『そのへんは会ったら話すし。中馬駅だよな。んじゃ今から出るし、ついたら連絡すっから。せっかくだから五年ぶりにキャッチボールでもしてみる？』

『ほんとにやんの？』

返事はない。既読もつかない。もう家を出たらしい。

月谷はため息をつき、ハーフパンツのポケットにスマホをねじこんだ。壁の時計を見る。あと十分で夜九時。今日は見たいドラマがあったが仕方がない。

木暮家の最寄《もよ》り駅からここまでなら、直通だから十五分程度だろう。中一時代の引っ越しは隣市への移動だったので、家どうしはさほど遠くない。もっとも、引っ越してからあの界隈に足を運んだことはないけれど。

「ちょっと出てくる」

二階の部屋から駆け下りて、玄関にむかう途中で居間に声をかける。ソファでビール片手にプロ野球中継を見ていた父が、「今日早くないか?」と訊いてきた。毎日十時ぐらいにジョギングに行くからだ。

「友達とちょっと練習してくるから」

台所のほうから母が何か言っている気がしたが、かまわず外に出る。駅まではいつも自転車だが、今日は走った。自分の足でもだいたい十五分ほどだ。

駅について自販で麦茶を買っていると、スマホが震える。改札口に行くと、スマホをいじりながら木暮が出てくるところだった。

「おー早いじゃん」

月谷の姿を見て、手をあげて笑う。記憶にあるより少し痩《や》せて見える。Tシャツにハーフパンツという軽装だからかもしれない。

「おまえも。なんなの急に」

「メシの時に悠悟《ゆうご》のハナシ出てさ。そういやLINEの返信ためまくってんなって思い出して。打つのめんどくさいから来た」

「あっそう……」

　気が抜けた。

　そういえば昔から、こういう奴だった。広栄の池端といい木暮といい、全国クラスのエースとなるような人間には異様なほどのマイペースが多い。もともと投手はそんなものだが、自分はこれよりはマシかな、と自分のことは思い切り棚《たな》にあげる。

「まあいい。公園は近くにあるけど、キャッチボール禁止なんだよ」

「マジかよ」

「最近多いだろ、そういう公園。五分ぐらい歩くと河川敷だけどそのへんは？　公園よりは暗いけど、まぁ外灯あるし」

「えー河川敷って蚊が多くね？」

　文句を言いつつもついてくる。よく知る地元の光景に木暮がいる。違和感がすごい。

「で、なんで家いんの。あと肘《ひじ》やったってマジ？」

　歩きながらさりげなく尋ねると、木暮は物珍しそうにきょろきょろあたりを見回しながら言った。

「あー、池端から聞いたんだっけ？」

「最近池端と会ったのか?」

「こないだの抽選会の時。肘はまあ、その通り。家にいるのもそれが理由」

ずいぶんとあっさりした物言いだった。

「リハビリってこと?」

「まーそれもしてるけど。どっちかっつうと謹慎《きんしん》?」

「それ謹慎になんの? 家帰れるほうが嬉しくね?」

東明の寮はそれはもう厳しいということは聞いている。軍隊生活と揶揄《やゆ》されるほどだ。

「そりゃ楽だよ。けどまあ、寮から追い出されるってことは、もうレギュラーじゃないってことだから」

思わず足を止めてしまった。木暮は気づかずしばらく歩き続けたが、やがて止まって振り向いた。はやく行こうぜ、と促され、慌てて月谷は走り出した。

「そんなにヤバいのか」

「いやそこまでは。ちょっと炎症おこしただけ。それより、痛める原因が監督の逆鱗《げきりん》に触れたっつうか」

「……もしかしてスプリット?」

木暮は呆《あき》れた顔をした。

「池端のやつ、そんなことまで喋《しゃべ》ってんのかよ」

「じゃ本当なのか」

「そう。いやほらさ、俺ら去年の夏は甲子園《こうしえん》でもそこそこいけたけど、春は全然ダメだったじゃん？　もう完全に対策されてるし、今のままじゃダメだって焦っててさ。その時たまたま三年前プロ行った甲子園投手の記事読んだんだよね。一年目はそこそこ通用したけど二年目はやっぱ対応されて全然使ってもらえなかったから、スプリット覚えたら嘘みたいに三振《さんしん》とれるようになったって書いてあったんだよ」

だらだらと語る幼なじみの横顔を、月谷は意外な思いで見た。

月谷も、記事を読んでこれはと思うことがあれば片《かた》っ端《ぱし》から試してみないと気が済まないタイプだ。そうしていくつも試していくうちに、自分に合う方法が次第にわかってくるものだが、ピッチングコーチがいてフォームも何もかもしっかり管理されている東明にいても、そうした情報に踊らされるとは。

「へえ。東明のエースでも影響受けるもんなんだ」

「当たり前だろ。いつだって不安だよ。どうすりゃ生き残れんのかって。それにセンバツのあたりから明らかに調子落としててヤバかったし」

彼はすでに甲子園のマウンドに三回も立っている。回を重ねる度に成績が落ちていくとなれば、当然焦りも相当なものだろう。

なんと遠いところにいるのだろうと改めて思う。

自分はこいつを倒して甲子園に行きたいと思っている。

しかし木暮は、もう甲子園に出ることなど当たり前。課せられているのは、夏の全国制《せい》覇《は》なのだ。まだ埼玉《さいたま》のどこも成し遂《と》げていない偉業。

「でもコーチに言ったら怒られるの目に見えてるから、こっそり覚えたんだよね。夜とか、あんま見えないところで投げ込みしたりさ。とりあえず実戦で使えるところ見せれば、説得もしやすいと思って。それで関東大会で軽くお試しとか思ってたら、肘重くて全然ダメ」

「スプリットのせいなのか」

「いやあ。ちょっと前から違和感はあって、だましだましやってたから、それだけじゃないだろうな。でもまあ、一因にはなったかも?」

「なんで違和感あった時に言わないんだよ」

「言ったらエース下ろされるだろ。ありえねえわ」

吐き捨てるように言ってから、はあ、と大きく息をついた。

「——と、ずっと思ってたんだよなぁ。とにかく俺はエースとして甲子園で優勝するんだって、そればっかで。それ以外なんも考えられなかった。けど、いざ肘痛めて謹慎くらったらさ……あれ、優勝してそれでどうすんの？　ってはじめて思ってさ」

「どうすんのって、景《けい》、進学先ほぼもう決まってるんじゃねえの？」

高校ではプロ志望届は出さない、とは前々から言っていた。

曰《いわ》く、高卒でモノになる投手なんてほんの一握り。そして冷静に判断するかぎり、自分はその一握りに入れるレベルではない。ドラフトで指名されるとしてもおそらく下位レベル、そのまま一軍に一度もあがることなくひっそりと退団などということにでもなれば、その先の人生が長すぎるうえに将来の選択の幅が小さすぎる。

プロはあくまで将来の選択肢《せんたくし》のひとつにすぎず、幅をひろげるためにも、大学は行っておきたい。

LINEで珍しく長文で語ってきた時のことを、月谷もよく覚えている。野球は子供のころからとびきり上手かったが、それ以外はかなり適当な印象があったので、そこまで考えているとは思わなかった。そして自身のことをすでに、今のままでは通用しないと判断しているのも驚いた。

「決まってたけど、エースどころかベンチからも落とされたらどうかねえ」

他人事のように語る木暮が信じられない。

「いや、今だけだろ？　肘もそこまでひどくないんだろ？　夏には戻るんだよな」

「もう痛みはないし、医者も問題ないとは言ってるんだけど、監督厳しいからなー。戻れるのかはまあ五分五分かな」

東明のエースともなれば、ある意味、県の顔でもある。誰より優等生でなくてはならない。監督の意に反し、目先の勝利にこだわるあまり小手先の技術でどうにかしようとするような人間は、東明の野球にはふさわしくない——らしい。

「なんだよそれ。悔《くや》しくないのか」

顔をしかめて応えると、隣を歩いていた木暮がぴたりと止まった。かと思うと、

「めっっっっちゃ悔しいわ！」

突然叫んで走り出した。全《まった》く予期しなかった行動に月谷はぽかんとしたが、それも一瞬のことで慌てて後を追った。

「そっち方向違う！　こっち！」

あっというまに追いつき、前に出て河川敷の方向へと修正する。その後は一言も交わさず、なぜか二人で並んでダッシュをしてしまった。

全力ダッシュを五分ほど続けると、ようやくひしめく住宅の群れが開け、河川敷に出る。この時間にはジョギングをしている者もぽちぽちいるが、坊主頭《ぼうずあたま》が二人全力で駆けてくる

のはさすがに奇異だったようで、ちょうど出くわした男性はぎょっとした様子で回れ右をしていった。

走り出した時と同じように、木暮は急に止まった。さすがに呼吸は荒い。隣で同じように息を整えている月谷を見て、にやりと笑う。

「体力ついたなー、悠悟」

「……そりゃどうも」

そう答えるのがやっとだったが、木暮は飄々《ひょうひょう》としている。

「去年はヒョロヒョロだったたし、投げてもすぐスタミナ切れしてたもんなぁ」

「東明相手に投げれば、誰でもああなるって」

「うちの監督、おまえのこと褒《ほ》めてたんだぜ。ちゃんと頭使って投げてるって。初回の投球トレースも、とんでもねー肝《きも》の太さだってさ」

「初耳なんだけど。その時言えよ」

あの時はかなりLINEが行き交ったし、電話でも話したような気がするが、東明の監督については全く言及されていなかったと思う。言われていれば、かなり嬉しかっただろうに。

「言うわけねーし。ついでに俺のほうはなんも考えてないって怒られて、ムカついてたしさ」

木暮は斜めがけしていたカバンからペットボトルを出すと、一気に半分ぐらい飲み込んだ。同じく月谷も、買ったばかりのペットボトルを手にとった。買ったばかりなのでまだ冷たい。飲む前にとりあえず額と首筋に当てた。

春になれば一面が薄い紅に染まる桜の合間にぽつぽつと外灯が並ぶ河川敷を、二人はゆっくりと歩く。駅から離れるにつれランナーの数も減っていき、適当なところで止まると木暮はグラブとボールを取り出した。

「んで俺なりに考えて、勝つためにスプリットも習得したのに、小手先でごまかすなって言われるとか、どうなん？」

左手の人差し指と中指をボールの縫《ぬ》い目に添えて握る。フォークのように挟みこみはしない、スプリットの握り。

「小手先じゃねえっつの。目先の勝利ってなんだよ。俺ら目先の勝負ぜんぶ勝たなきゃなんないし、連投すんのはこっちなんだから、少しは楽になる方法考えて何がいけないんだ」

そのままふわっと軽く放ってくる。ごくごく軽いものだったが、それでも意外に落ちて、慌ててキャッチした。

同じように握ってみる。こうして見ると、木暮の手はそれほど大きくはない。単純に指の長さなら自分のほうが上だと知って、複雑な気分になる。

「監督は、俺は自分のためだけに投げてるっつうわけよ。チームのこと考えてねえって。いや勝つためにやってんだからチームのためじゃん？　意味わかんねえんだけど、悠悟チームのために投げてたりすんの？」

後ろにステップし、普通の握りで軽く放る。徐々に距離をあけつつ、ボールが何度か往復した。

素早いテンポで行き交うキャッチボール。軽くやっただけでも、木暮の技術がとびきり高いとわかる。グラブを構えた胸の前に、いついかなる時もぴたりと合わせてくる。

三ツ木《みつき》も昨年に比べれば信じられないぐらいうまくなったが、やはりこいつは別格なんだなと改めて思う。

木暮に勝ちたい。今からでも追いつきたい。そして甲子園に行きたい。

それだけで、この一年やってきた。

「あんま考えたことないけど……うーん、結局、自分のためかな。甲子園行くって決めて、やる気ない奴にむりやり主将押しつけてたりするからその時点でどうなんだって感じ」

「へえ。むりやりやらされてるようには見えなかったけど。去年も今年も熱い主将じゃなかった?」

「去年の主将はともかく、今年のやつは俺らの中で一番熱血から遠いよ。まあ状況が変わって、しょうがないからこの一年で自分の熱血成分を全部ぶちこむことにして、卒業したら野球は完全にやめるっつってた。もう道具とかも全部処分して絶対にやらないって息巻いてた」

「へーもったいねえ、あいつ結構うまいのに」

結構、か。月谷は苦笑した。ずば抜けてうまいと言われる笛吹《ふえふき》も、木暮からすると「結構」なのか。たしか東明はショートもドラフト候補にあがっていた。打順一番のリードオフマン。

「まあ、なんだかんだやめられないとは思うけどさ。とりあえず、人生で今いちばん野球やってるけど今いちばん野球が嫌いだっつってたわ」

「わかるわー。かったりーよなー」

しみじみと木暮は同意した。再び指で挟み、スプリットもどきを投げてくる。距離があるため、先ほどよりはいくらか力があるが、もちろん捕れない球ではない。

本気で投げたらどうなるのだろう。どんな変化をするのか。

受けてみたいと思ったが、同時に絶対に受けたくないとも思った。

こうして軽く投げ合っているだけでも、緊張感がある。本気で投げた球など捕れると思えない。マウンド上の木暮が振りかぶり、球が自分のところに突き進んでくる様を想像しただけで、体が硬くなった。

ふと、鈴江《すずえ》のことが脳裏《のうり》に浮かんだ。彼がしばらく前から退部を望んでいることは知っている。本人の口からはまだ何も聞いていないが、以前笛吹たちが部から去った時と似通っているし、今日の練習でなんの前触れもなく中村《なかむら》がやって来て、練習の後で鈴江となにやら話し込んでいたからそういうことなのだと思う。

いつ言うんだろう。月谷は待っていた。もちろん止めるつもりではあるが、むこうが何も言わないのにこちらからへたに口を出すのも変なので、言ってくれなければ始まらない。

しかし鈴江は毎日悲痛な顔をしているだけで、何も言わない。正直、いらいらした。

「うち今、そういうのいっぱいいるんだよな。一番ヤバいのキャッチャーなんだけど。変化球捕れなくてドツボにはまってる」

「キャッチャーはヤバいんじゃね？　どうすんの」

「ヤバいんだよ。なんだかんだ、そいつが一番いいキャッチャーなんだ。けど、なんか俺の最大限を常に引き出さなきゃいけないって思い込んでて」

「うちのキャッチャーに聞かせてやりてえわ。あいつ逸《そ》らすと、クソみたいな球投げんなって逆ギレしてくるぞ。マジむかつく」

木暮はいまいましげに文句を言ったが、そのふてぶてしさが逆に羨《うらや》ましい。

鈴江は球を逸らした後、この世の不幸を全てしょいこんだような悲愴《ひそう》な顔をする。こちらも何か悪いことをしたような気がしてくるので、できればやめてほしいが、指摘するのも憚《はばか》られる。

「そんぐらいのが対処しやすくて楽かもな。しかもそいつ、俺がドラフト候補かもとかふざけたウワサ出始めたころからますますヤバくなってさ」

あれがなければまだ、鈴江が急激に追い詰められることはなかったと思う。

――月谷の球が捕れないなんて。

――甲子園は月谷の投球にかかっているのに、捕手があれじゃあ話にならない。

何も知らない外野は好き勝手に言ってくる。最近は練習や練習試合を見にくる生徒や教師も増えてきただけに、鈴江は針の筵だ。

「景たちってさ、いつもそういう中で野球やってるだろ。こういうプレッシャーってどうしてんの」

尋ねると、木暮は首を傾《かし》げた。

「さあなぁ。うち来るのって基本、プロ行きたいやつでみんな自己中だから。スカウトが来たらテンションあがりすぎて空回って結局いいところ見せられなくて、死ぬほど落ち込む奴はいるけど。次の日はケロッとしてるけどな。ま、結局は自己中でいけば問題ないってことじゃね？」

「自己中……そういうもんか？」

「よくチームメイトのために、とか、両親に感謝して、とか言うじゃん？　インタビューの定番で。あれ、本気で言ってる奴存在すると思う？　おまえ感謝しながら野球したことある？」

真顔で訊かれて、首をひねる。

「あー……まあ、部費出してもらったりとかは感謝してるけど」

「そりゃそうだけど、ぶっちゃけ部活だから当たり前じゃん。そういうんじゃなくてさ。そもそも誰かのために野球する意味ある？　人のためにやるスポーツって楽しいか？　ボランティアでこんなしんどいことやってられっかよ。自分のためだからできるんじゃん。誰かのためじゃないから、誰かの期待とかどうでもいいよ」

今度はもう少し力をこめて投げてくる。さきほどより速い、だが変化は少ない。

「監督は、俺が自分のためにしか投げてないって言うけど、そんなの当たり前だし。なんで俺が他のやつらのために投げるんだよ。俺が勝てばチームが勝つ。だから絶対勝つ。それだけじゃん？　だからキャッチャーだって、まあいくらバッテリーつったってピッチャーのために頑張らなきゃなんて全然考えなくていい。自分が勝つためにピッチャー利用する、ぐらいでいいだろ。自分のためだけに全力ださないと、誰だって自分の限界なんか超えらんねーって」

「……なるほどな」

月谷は少なからず感心していた。やはり腐っても東明のエースだと思う。

木暮の言葉はつたなくはあるが、時間をかけて、泥まみれになりながら、彼の中でしっかり育まれてきたものなのだろう。正しいか間違っているかは別として、それは揺るぎない芯として存在している。

「よし。俺ももっと自己中になるわ」

「いや悠悟はすでに充分自己中だと思うから問題ないわ」

「んなことねーよ。いや俺も、甲子園行きたいってのゴリ押ししすぎてるって負い目があったから、二年生には遠慮《えんりょ》してたんだよな。キャッチャーの奴にも、へたなこと言って傷つけないようにって。だから首も振ったことなかったし」

あげく、せっかく彼がなけなしの勇気をふるってチェンジアップを要求してきたのに、全力で投げられなかった。

無意識のうちに加減した。そして最悪の結果を生み出した。一番手ひどい形で鈴江を傷つけた。

あの時すべきだったのは、信じて全力で投げきること。もしくは、心の中の迷いを認めて、はっきりと首を振り、違う球を引き出すことだったのだ。

首を振ることに、月谷はどうも抵抗があった。鈴江から思ったものとは違う指示が来ても従った。

今の自分ならどうにかできるという思い上がりも、たしかにあった。

首を振って鈴江の意思を否定するよりも、尊重しながら癖《くせ》を把握《はあく》し、ミーティングでやんわり幅を広げていけばいいと構えてもいた。そのうちに鈴江の技術も向上して、捕れない球も少なくなるだろう。

ずいぶん悠長《ゆうちょう》に構えていたものだと思う。

いや、ちがう。ただ単に、問題を先送りにしていただけだ。

なにより自分の中に、どうせ打たれてもこれは自分のせいじゃないのだからという思いはなかったたか。

「そりゃダメだ。二年生なんだろ？　首も振らないって、最悪じゃんか」

ずばり、木暮に指摘された。ああやっぱり、わかる奴にはわかるよなあ、と苦笑する。

こちらの意思をひたすら押しつけるのも、むこうの指示にただ従うのも、同じことだ。

「やっぱそうだよな」

「頭使ってねーし丸投げしてるし。そりゃ二年生つぶれるわ。ひでえ先輩だな。自己中ってのは、自分のやることには責任もたねーとマジただの公害だぞ」

「……だよな」

俺が思うように投げ込めたなら、打たれるはずがない。だから今打たれたのは、俺のせいではない。

要約すれば、そういうことになる。本当に最悪だ。

ここでも木暮と自分の差を痛感した。自己中は、自分のやることに徹底して責任をもつ。それが当たり前だからこそ東明は自己中だらけで機能しているのであり、木暮はその中で背番号1を与えられていたのだろう。

その強烈な自意識と上昇志向ゆえに、肘《ひじ》を痛め、エースナンバーを剝奪《はくだつ》されもしたけれど、おそらくそれぐらいでなければ甲子園のマウンドに何度も立つことなどできないのだろう。

「明日、ちょっとキャッチャーと話し合うわ」

月谷の言葉に、木暮はにやっと笑った。

「それがいいんじゃね。俺らと当たる前に負けられても困るし」

「もしかして激励《げきれい》に来てくれたとか？」

「そーそー」

「絶対違うじゃねーか」

二人は距離を最大まで空けて、そこからは黙々と球を投げ合った。投球フォームをじっくり確認しながら、丁寧《ていねい》に。木暮のフォームを見ていて、月谷は自分のトップの位置をさりげなく修正した。

（すげー勉強になる）

目を皿のようにして木暮のフォームを観察し、それを徐々に反映しつつ投げる。相手がどう思っているのか知らないが、真面目《まじめ》な顔で黙々と投げてくる。いい球だ。しかしもうスプリットもどきは投げてこなかった。

どれぐらいそうして投げ合っていたのだろう。気がつけば、一度ひっこんだはずの汗が流れていた。

再び距離をつめていき、最後、間近に迫った木暮のグラブに球を放って、終わった。

「悠悟の癖はだいたい摑《つか》んだ」

嘯《うそぶ》く木暮に、月谷は笑った。風にのって、水のにおいが鼻に届く。夏だからか、少し臭《くさ》い。キャッチボール中は水のにおいに気づかないぐらい集中していたことに驚いた。

「それはこっちの台詞《せりふ》。しかしおまえとキャッチボールすんの何年ぶりかね」

「ほんとほんと。来てよかったわ」

「マジでキャッチボールしに来たのか」

「言ったじゃん、俺なんで野球やってんのかな？　って迷っててさ。それでこう、原点？みたいなの、見てみようかなって」

原点。

まだ二人で一緒に野球をやっていたころ。

小学生のころは、月谷のほうが球が速く、エースだった時期もあった。しかしそのころから木暮は、夢はプロ野球選手と言っていた。小学生の定番の夢のひとつと言えばそうだが、彼は着実にその道を進んでいる。

「で、見えた？」

「いやーただかゆいだけのキャッチボールだわ。蚊やべーわ」

ぼりぼりと腕を掻《か》きながら、木暮は苦笑した。

「最終目標はプロ野球選手なんだろ。そこは揺るがないだろ？」

「まーな。悠悟だってプロ行きたいって言ってただろ」

「小学生の言うことだから。まあおまえは着実にやってきて偉かったけど、俺はさすがに今そういうのはないよ」

「ドラフト候補なのに」

意地悪く笑う顔を横目で睨《にら》みつけ、ペットボトルを取り出す。もうすっかりぬるくなっていた。

「だからそれまわりが言ってるだけだって。マジ迷惑。まあ俺も進学希望だから、この先も続けるつもりではあるけど、プロとかは……」

「かっこつけんなってー」

「かっこつけてねえって。みんながプロ行きたがってると思うなよ」

「思ってないけど、おまえはプロ行きたい奴だろ。そんでめっちゃ金稼《かせ》いでモテたいだろ。泉《いずみ》さんに煽《あお》られてやる気になるぐらいだから間違いないだろ」

ちょうど口に運んだ麦茶をもう少しで噴きそうになった。

「ねーよ、それはおまえだろ！」

「は？　プロ野球選手になりたいなんて、有名になりてーモテてー以外の何があんだよ。野球好きってだけでプロ目指してこんな死にそうなことやってられっか」

遠慮《えんりょ》なく本音を吐き捨てる木暮を、マウンド上の彼しか知らないファンにぜひ見てほしいものだとしみじみ思う。インタビューでも常に礼儀《れいぎ》正しく、完璧《かんぺき》な受け答えをすると評判のエースも、中身は一緒にこっそりヤバい動画をあさっていた中一あたりから全《まった》く成長していない。

「おまえなー。泉さんが聞いたら泣くぞ」

「俺いまだに、あの人が俺よりおまえんとこ先に行ったの許せねーんだよなぁ。だから次は泉さんの前で、もうギッタギタのメッタメタに三ツ木をぶった切って幻想をぶちこわすから、マジでそれまで絶対負けんなよ」

最後の言葉だけ聞けばライバルのいい台詞なのに、動機が残念すぎる。

「……はあ、まあそれなら、泉さんの直感に全力で応えるだけだわ。そんで俺らが甲子園行くわ」

「むりむり」

「おまえは人のところよりエース復帰を目指せよ」

喚《わめ》きながら、駅への道を行く。水のにおいが遠くなり、周囲の灯りが増えていく。

白い光が溢《あふ》れる駅に着くと、木暮は空《から》になったペットボトルを捨て、コンビニでからあげクン二つと麦茶を買った。

「これお土産《みやげ》ー。じゃ、次は球場でー」

からあげクンの袋ひとつを月谷に押しつけると、そのままあっさりと改札の中に入って行った。

「……あいかわらず意味わかんねぇなあ」

振り向きもせずさっさと奥の階段をのぼっていく後ろ姿を見送り、からあげを口の中に放り込む。汗をかいた体に、塩気がちょうどよい。

二個目を放り込むと同時に、スマホが震えた。たったいま別れた木暮だろうと思って取り出し、着信画面を見て噎《む》せる。

予想外の名前があった。

2

帰りのホームルームは一分以内におさめると若杉《わかすぎ》は決めている。

連絡事項を告げて、最後の挨拶《あいさつ》は十秒以内。

「今日は久しぶりに晴れたが、浮かれてあんま寄り道すんなよー。それじゃまた明日」

「起立！　礼！」

日直の声とともに、生徒がぞろぞろ立ち上がり、おざなりに礼をする。

なか、若杉もファイルをまとめて、すぐに教壇《きょうだん》を離れた。

夏大会は間近。今は一秒でも時間が惜しい。急ぎ足で廊下《ろうか》に出て、職員室へと向かうさ
「あ、あの、先生」

消え入りそうな声で呼び止められた。

階段のところで振り向くと、担任している一年二組の女子生徒が立っている。ふわふわの髪をハーフアップにした小柄な生徒で、ぱっと見ポメラニアンに似ている。

「どうした、比和《ひわ》」

一瞬胸によぎった苦いものに蓋《ふた》をして、爽《さわ》やかに返事をする。

この比和は、同じクラスの青島とともに野球部にいたことがある。半月ほど前のことだ。

あの時は、二人でにこにこしながら「野球部に入りたいんですけど」と言ってきた。断る理由もなかったのでとりあえず仮入部という形にしておいたら、一週間もたずにやめた。予感はしていたので、引き留めることもしなかった。

「……わ、わたし……あの……」

比和は顔を真っ赤にして、あの、あのと繰り返している。

質問はまとまってから来てくれないか、先生じつは今クソ忙しいんだわ。のどまで出か

かったが、教師としての理性を総動員して、穏やかに促す。

「なんか質問か？　そういや今日は青島はいいのか？」

比和と青島はいつ見ても一緒にいるし、他の女子が言っていたが、持ち物などもやたらとお揃《そろ》いが多いらしい。

一人でいるところを見るのが初めてだったので、つい青島の名を出すと、彼女はきっとして顔をあげた。

「かやちゃんは帰りました。先生、わたし、野球部のマネージャーをやりたいです」

若杉はぽかんとして比和を見下ろした。真剣な目にたじろぐが、苦笑して首をふる。

「そりゃあ、さすがにダメだ」

比和はぐっと唇を引き結ぶ。

「わかってます……。でも、今度はあきらめません。許してもらえるまで、お願いしにきます……」

「あきらめませんって何だ。自分でやめたんじゃないか」

「そ、それは……」

右手で胸のあたりをつかみ、言いよどむ。

「……あれから毎日、後悔してます。わたし……やめたくなかったです」

しばしの間をおいて、絞《しぼ》り出すように彼女は言った。

「やめたくなかった?」

「はい。だって、ずっと入りたかったんです。わたし、昔からソフトボールやってました。うまくはなかったですけど、野球すごく好きで、練習のお手伝いならできるかもって……」

若杉は目を瞬いた。

「ああ、それはこのあいだも聞いたけど」

かやちゃんこと青島が、説明してくれた。ヒワは野球大好きでよく知ってるしお役に立てると思います、私も詳しくはないけど野球はもちろん好きです! とかなんとか言っていたような気がする。

そういえばあのとき、比和はほとんど喋《しゃべ》っていなかった。

いや、あのときだけではない。やっぱりやめると言いに来た時も、そうだ。

(ああ、なるほど)

一人じゃ何もできない手合いか。女子ではたまにいる。

「こ、今度は!」

比和が急に勢いよく顔をあげたので、若杉は反射的にのけぞった。

「ひとりでも、だっ大丈夫です！　わたし、ぜったいやめませんから、ご迷惑おかけしませんから、お願いします！」

「い、いやそう言われても」

「今のままじゃ、瀬川《せがわ》先輩が倒れちゃう！　わたし、かやちゃんについてるばっかりでダメだったから、今度はちゃんと手伝いたいんです！」

言いつのる顔は、必死だった。ポメラニアンを彷彿《ほうふつ》とさせるつぶらな目には、涙まで浮かんでいる。

なけなしの勇気を振り絞ってきたのであろうことが、痛いほど伝わってくる。こういうタイプの人間にとって、自分のかわりに何でも決めてくれるリーダーを失うことは、自分自身を失うに等しい。

それでも一人で歩いてこようと決意するほどに、野球部に心動かされた。そういうことなのだろう。悪評をものともせず必死に立ち回る瀬川に、胸打たれたのだろう。

（よかったなあ、瀬川）

毎日すごい顔で走り回っているマネージャの姿を思い出し、うっかり涙ぐみそうになった若杉は、ごまかすためにとっさに渋面をつくった。

「残念ながら、先生としては許可できないんだが……」

ポメラニアンの顔に、絶望が浮かぶ。やめろ、その顔は卑怯《ひきょう》だろ、と心の中で絶叫した。

「……まあマネージャーと主将がいいと言えば、考えよう。今すぐグラウンドに行って、ちゃんと自分の口で説明して、改めてお願いしてこい」

「は、はい！　わかりました！」

比和はぱっと顔を輝かせると、勢いよく一礼し、階段を駆け下りていった。

「俺もまだまだだなぁ……」

しみじみつぶやくと、若杉もまた階段を下り始めた。

＊

構えたミットを見て、月谷《つきたに》は変化に気がついた。

久しぶりに、ミットの中心がしっかりこちらに向いている。体もいつもの異常な緊張は抜けている。

リラックスとまではいかないが、以前の自然体に近くなっている。腰の位置もずいぶん低い。

「ナイスボール！」

球を放ると、いい音とともにすぐに声がとんでくる。

ストレートから入り、変化球へ。難しい球は、やはり逸《そ》らしてしまうことが多い。が、今まで捕れていた球も取りこぼすようなことはほとんどない。

お椀《わん》のように体をさっとかぶせて、前に落とす。これは基本で、最近はどれほど言われてもきちんとできていなかったが、今日は以前のようにお椀になっている。

わずか一日。驚いた。

体というものは、こんなにも精神に直結しているものなのかと思う。

「なんかあった？」

休憩のホイッスルが鳴り、ボールを拾いつつ鈴江《すずえ》に近づくと、「え？」と不思議そうな顔をされた。

「いや、今日調子よさそうだから。俺も投げててなんか楽しくて」

楽しくて、を強調すると、鈴江は嬉しそうに笑った。そういえば久しく笑顔を見ていなかった。

「そうですか。よかったです。月谷さんも、今日は肘《ひじ》がいい位置にあがってましたね」

まあ昨日、木暮《こぐれ》のフォーム見て研究したからな。心の中で答え、昨日から何度か頭の中で練習していた台詞《せりふ》を口にした。

「そういや中村《なかむら》さんからなんか言われた？　昨日けっこう話し込んでたみたいだけど」

「はい、いろいろ相談にのってもらいました」

「……たとえば？」

そこを追及されるとは思わなかったのか、鈴江はめんくらった顔をしたが、律儀《りちぎ》に答えた。

「ええと……俺がフレーミング処理にばかりかまけて、他のことがおざなりになってるって怒られて。基礎の基礎から一個ずつ確認していって、見てもらう感じです。できてるつもりになってて流してるところたくさんあったんで、助かりました」

「うん、たしかに今日はよくなってた。他には？」

「他には……うーん」

困ったように眉根《まゆね》を寄せ、考えこむ彼を見て、月谷は自分から切り出すことに決めた。

「聞いたよ。引退するとき中村さん、俺に好きなように投げさせてやってくれって言ったんだって？」

弾かれたように鈴江が顔をあげた。

「それがおまえを追い詰めたって、中村さんすげえ悔《く》やんでた。不用意な一言だったたって」

　鈴江は勢いよく首を横に振る。

「そんなことはないです。俺も捕れないし、気持ちよくわかるし……」

「それで、中村さんと同じように、ちゃんと捕れる奴に代わったほうがいいんじゃないかって思っちまったんだよな」

　鈴江の顔から血の気が引く。こいつ本当に感情が顔に出るな、と感心した。キャッチャーはもう少し腹芸が出来たほうがいいと思うのだが。

「それも中村さんから聞いたんですか」

「いや。でも見てりゃわかる」

　鈴江は「……そうでしたか」とうなだれた。

「そうだよ。言っとくけどな、おまえが思ってるより、俺はおまえのこと見てるしわかってる、か、ら……」

　しだいに声から力が失われていったのは、口に出してみて我ながら恥ずかしいと思ったのと、鈴江が真っ赤になったからだった。

　そこで赤くなるな！　恥ずか死ぬ！　と叫びたいのをぐっとこらえ、できるだけ真面目《まじめ》な顔をつくって早口で続けた。

「逆に鈴江はたぶん俺を誤解してるし見えてない。外の無責任な連中の声を、俺の本音に勝手にすり替えて落ち込むのは絶対にやめろ。俺は鈴江にも中村さんにも、捕れないから困るとか思ったことはない。誰だって苦手なものはあるし、俺はそれをよけて組み立てられるって自負もある。だからあんまなめんな」

鈴江も表情を引き締め、「はい、すみません」と頷《うなず》いた。

「中村さんの図太さをおまえも見習え。あの人、自分が捕りたい球しか要求しないからな。俺が投げたい球とか考えなくていい。もっと自己中になれ」

「じこ……は、はい」

「まあ首振らない俺も悪かった。厭《いや》なら俺も首振るから。どうしてもここはチェンジアップで決めたいって時は俺がサイン出すから、その時は腹くくってくれ」

「はい」

今度は、返事とともに、ちゃんと視線も正面から返ってくる。

ここ最近、ろくに目も合わなかったことを考えると、ずいぶんと改善したものだ。

(やっぱなんだかんだいって中村さんすげぇな)

昨日、月谷の球を受けてひっくり返り、爆笑を誘っていた姿を思い出す。笛吹《ふえふき》あたりはあからさまに白けた顔をしていたが、そんな彼にも中村は臆せずどんどん話しかけていた。

そういえば自分も、本当によく話しかけられた。それが時々鬱陶《うっとう》しく感じることもないではなかったが、おかげで手にとるように互いのことはわかっていた。

俺たちは、互いに妙に遠慮《えんりょ》しすぎて、さわりのいい言葉だけかけあって、みずから遠ざかっていたんだな。しみじみ思う。

焦ったり、落ち込んだりしている時は、人の声は必要以上に聞こえるのに、人の心は見えない。自分しか見えない。

あまり自覚はなかったが、たぶん自分も焦っていたのだろう。

バッテリーは映し鏡。鈴江が落ちているならば、自分もそうなのだ。

ならばここから、強引に引き上げていくまでだ。


「あれ？　なんかマネージャー増えてる」

補食を取りに行った木島《きじま》は、麦茶を用意している比和を見て、首を傾《かし》げた。

「そうでーす。今日から新しく入った比和ちゃんだよー。よろしくね」

すさまじい勢いで米をよそいながら、瀬川は満面の笑みで言った。

比和も手を止め、「よろしくお願いします」と一同に頭をさげる。

「てか、こないだもいなかった？　一週間ぐらい」

すでに卵かけご飯にがっつきながら、榎本が怪訝《けげん》そうな目を向ける。比和は小さくなった。

「そ、その節はご迷惑をおかけしました……」

「あともう一人いたような気が」

「……」

「はい！　そこまで！」

瀬川はしゃもじを持ったまま、両腕で大きくバツの字を描いた。

「あれは仮入部期間なので！　そこでじっくり考えて本入部してくれたんだからオールオッケー！　ねっ、ふっきー！」

「ああ」

面倒くさそうに笛吹も同意し、比和を見やる。

「まあ、そんな感じだから。短いつきあいだけどよろしくってことで」

「わたしたちは短いけどー、一年と二年はそうじゃないからね。あーでもよかった。これで安心して引退できるよ！」

瀬川はうっすら涙ぐんでいた。

人知れず、必死に続けてきた努力を、認めてくれた人がいた。駆けつけてくれた。

そう知ることができるのは、本当に嬉しいことなのだ。月谷も去年の夏、身をもって知ったからよくわかる。

瀬川は比和たちが一度去った時、あまり顔には出さなかったが、だいぶ落ち込んでいた。だからこそ、うれし泣きを見られて、しみじみよかったと思う。

一致団結とは言いがたくとも、ともかくも脱落者が出ることなく、ここまで来た。

そして、次を担《にな》う者たちもいる。

これで最後の夏を迎えられるなら、上出来だ。

地区予選は、十日後に迫っていた。

第五章

1

球場いっぱいに鳴り響くのは、「アフリカン・シンフォニー」だ。吹奏楽《すいそうがく》の名曲で、野球応援の定番中の定番である。

発火しそうな陽光をものともせず、一塁側のスタンドに陣取った吹奏楽の一団は途切れなく曲を演奏し続ける。

青いTシャツを着た吹奏楽団員の周囲は、三ツ木《みつき》高校の制服を着た生徒たちで占《し》められ、声をかぎりに声援を送っている。

「かっとばせー、りょうま！」

響き渡る声に背中を押されるように、四番・笛吹《ふえふき》が打席に入る。

記者席からその姿を見ていた泉《いずみ》は、口許《くちもと》をほころばせた。

（笛吹くん、丸くなったなぁ）

彼は下の名前を呼ばれることを嫌う。泉も初対面の時に、うかつに「龍馬《りょうま》ってかっこいい名前だね」と口走り、空気を凍らせてしまったことがある。当人は眉《まゆ》をひそめただけで何も言わなかったが、あとでマネージャーの瀬川《せがわ》が笑いながら教えてくれた。

応援席の最前列では、ユニフォームを着た生徒一人と、野球部のTシャツを着た小柄な女子生徒が腕をのばしてプラカードを掲《かか》げている。前者は怪我《けが》をしてベンチから外れた一年生部員で、女子生徒のほうは一ヶ月前に入部したマネージャーだと紹介された。

選手の名前とかけ声が裏表に大きく書かれたプラカードは、彼女がつくったものだという。今年は学校側も応援に力を入れると聞いて、ならば先導のプラカードは必要だと思い立ったらしい。

そこまではよかったが、彼女はまだ入部して日が浅いため、名前のタブーはよく知らなかったのだろう。

コールに名前を使うのは珍しくないし、そもそも「ふえふき」より「りょうま」のほうがすわりがいいので選んだのだろうから、笛吹も、マネージャーが部のためにやったことなので怒るに怒れなかったと聞いた。

しかし調子はくるうのか、初戦から今日の三試合目まで、安打はゼロ。

三ツ木は7―1、2―0と連勝しているが、春に主砲として活躍していた笛吹は、四球と相手のエラーで出塁しただけだ。

今日もここまでノーヒット。

現在、九回表一死一塁。スコアは2―1で三ツ木がリードしているが、できればここで追加点が欲しい。

相手の大瀬《おおせ》高校は春にも当たった強豪《きょうごう》で、春よりも打線の勢いは増している。前の二試合では完璧といっていい投球を見せた月谷も、大瀬相手には苦労し、とくに後半になると疲れが見えてヒットが続き、七回は二死満塁までいった。そこはどうにか三振《さんしん》に抑え、捕手がガッツポーズをしていたが、八回は先頭打者にいきなりホームランを打たれた。

あと一回抑えなければならない。少しでも楽にするために、ここはせめて一点ほしいところ。

泉は祈るような気持ちで、笛吹を見た。

気迫がこちらまで伝わる。しかし大瀬バッテリーも相当に集中しており、慎重に攻めてくる。

笛吹はこの大会、本来は全《まった》く苦にしないインコースに苦戦していた。その点も研究済みと見え、丁寧《ていねい》に左右をついてくる。徹底して低めだ。

あっというまに追い込まれる。その後どうにかカットするが、合っているようには見えない。

そして八球目、

「あっ」

思わず声が出た。シュート気味のストレート。さしこまれた。

乾いたグラウンドに叩きつけられた打球はショートへと転がっていく。ゲッツーコースだ。

ショートはなんなく二塁へと投げ、ツーアウト。ゲッツーだけは避けようと、笛吹は全力で一塁へと走った。

セカンドからの送球と、笛吹の足がベースに到達したのはほぼ同時に見えた。息を呑《の》んで塁審を見る。

「アウト！」

塁審の右腕があがった。駆け抜けた笛吹が天を仰《あお》ぎつつメットを取る。声援は途端に、ため息へと変わった。

笛吹はそのまま一塁側ベンチへと走り、手前で投球練習をしていた月谷《つきたに》に何か言った。月谷は破顔《はがん》し、肩を叩く。

「あと一回だ！　集中していこう！　ひとつずつ丁寧に！」

若杉《わかすぎ》の快活な声が響き、明るい返事とともに選手たちは守備位置へと散っていく。マウンドにあがった月谷も、いつものように飄々《ひょうひょう》と投球練習を始めた。

った。

　頭で段取りを確認しているうちに、あっさりと月谷は先頭打者をセカンドゴロに打ち取った。

　経過記事はもうほぼできている。ここで逆転がなければ、終了と同時にすぐ送れる。あとはそれぞれの監督と主将、そしてバッテリーにインタビューをとって、それから――

　泉はメモにペンを走らせる。

（うん、集中は切れてないね）

　ここから打順が一番に戻る。さきほどの打席ではツーベースを打った俊足の右打者である。その前の打席も内野安打で出ているので、バッテリーも念入りにサインの交換をしていた。

　ツーツーの並行カウントまで追い込んだ後、月谷はサインにはっきりと首を振った。

　ここで決めるか、一球様子を見るか。

　この試合は、前の二試合に比べると変化球でかわしにくることが多い。しかし前打席では、おそらく釣り球だったであろうインコース高めストレートを打ち返された。春にはこれで三振をとりまくっていたはずだから、大瀬も相当研究を重ねてきたのだろう。

（鈴江《すずえ》くんはわりと早めに決めたがるから、一球挟まずに決めるかな。でも月谷くんが首を振ったってことはイヤな予感がしたのか……）

次のサインにも月谷は首を振る。ここまで彼が拒否するのは珍しい。順当に考えれば、外に大きく外したスライダー。あわよくば三振がとれるかもしれないし、もし当たっても大事故はない。

月谷がモーションに入る。

打者が中に踏み込むのが見えた。

（スライダー読まれてる！）

まずい、と思った直後、小気味良い音が響き渡った。革とボールが奏でる、何もかもぶった切るような、爽《さわ》やかな音。

「ストライク！　バッターアウト！」

球審の声と、一塁側ベンチの歓声が重なる。

「ここで中にストレートかよオイ。負けず嫌いだなー」

隣の記者の苦笑まじりの声に、泉ははっと我に返った。いつのまにか息を詰めて見入っていたらしい。

月谷は笑顔で、鈴江からボールを受けた。それがドヤ顔に見えて、泉はちょっと笑ってしまった。彼がマウンド上で、つくりものではない表情を出すのは、とてもめずらしいことだった。

試合後の一塁側通路は、なかなかの混雑ぶりだった。

去年、東明《とうめい》との試合の後まっさきに来た時のことを思い出し、談話をとろうと群がる記者たちを見て泉は胸が熱くなった。

あの時は、誰もいなかった。ここだけではない。スタンドには吹奏楽も、生徒たちもいなかった。

なにより変わったのは、選手たちだ。体つきも、動きの俊敏さも、打席での振りも全く違う。

わずか一年。

高校生の成長というのは本当にすさまじい。目《ま》の当たりにして、つくづく思う。

泉にとってこの一年はひたすら激流に揉《も》まれているようで、文字通りあっというまに過ぎた。この一年で果たしてどれほど成長したかと問われると、自信がない。

しかし同じ時間の中で、彼らはおそろしく成長する。三ツ木だけではない。東明も、そして取材してきた高校生のほとんどが、最後の夏には別人のような顔になる。

だがその中でも三ツ木はやはり特に成長著しいと感じるのは、決して自分の贔屓目《ひいきめ》だけではない。

キャップが泉にこの試合の取材を命じたのが、なによりの証拠だ。春までは、いくら頼んでもなかなか許可がおりなかったのに、むこうから言ってきたのだから。

「月谷君、ベスト16おめでとうございます」

すでに数名に囲まれている月谷のもとにとびこみ、声をかける。月谷は驚いた様子も見せず、「ありがとうございます」と爽やかに答えた。

「ナイスピッチングでした。最後の二人の連続三振は気合が入っていましたね。なかなかサインが合わなかったようですが」

「はい、キャッチャーは安全策で変化球を指示してくれた——というか、もともとそういう方針だったんですが、悔《くや》しかったので、ストレートで勝負に出ました」

「今日は結構ストレートが打たれていたけど、よく決断したね」

隣のベテラン記者の言葉に、月谷は少し恥ずかしそうに笑う。

「まあ、カンというか……あそこはスライダー読まれている気がしたんです」

「ドンピシャだったね。さすがずっと一人で投げ抜いてきただけあって、マウンドでの度胸も満点だし試合カンもいい。次の東明戦も期待できるね」

東明の名に、再び月谷の顔が引き締まる。

「はい。昨年は初戦であたって負けてしまったので、今年は」

「勝つ自信はありますか」

愚問《ぐもん》だなあ、と思いつつも、泉はあえて訊いた。

「そのために、一年やってきましたから」

静かに、だがきっぱりと月谷は言った。

成長したなと、改めて思う。

受け答えも落ち着いた。昨年の、人を食ったようなところはもうどこにもない。

あの時は泉自身いっぱいいっぱいだったから、よくわからなかった。だが今ならわかる。

あの時の月谷は、ことごとく人の先回りをすることで弱みを見せまいとしていたのだろう。

(ああ、やっぱり一年はりついて見たかったなあ)

なかなか来られなかったことが、つくづく悔《く》やまれる。それでも彼は、ちゃんと約束通りここまで来てくれた。

「ぜひ、勝ってください。期待してます」

泉の心からの言葉に、月谷は「その時は特集お願いします」と悪戯《いたずら》っぽく笑った。そうすると、年相応に見えた。

2

先週梅雨明《つゆ》けを迎えたはずなのに、その日は朝から雲行きがあやしかった。厚い雲が垂れこめて、ときどき思い出したように雨を降らす。ぽつぽつとあたる程度なので、試合開催にはなんの支障もなかったが、どことなく重苦しい。

それとも重苦しいと感じるのは、グラウンドの向こう側のベンチから放たれる東明《とうめい》学園の独特のオーラのせいだろうか。

「よろしくお願いします！」

挨拶《あいさつ》の声もやたらと大きい。なにより、頭を下げるタイミングが全員ぴたりと同じだ。ごく普通のチームは、この時点ですでに気圧《けお》されている。自分たちも去年は正直ここで腰が引けたな、と月谷は懐かしく思い出す。だが今年は負けていない。

「お願いします！」

「ツシャオラア！」

雄叫《おたけ》びをあげて、ベンチに駆け戻る。監督は遠足に出かける小学生のような笑顔で一同を出迎えた。

「一番めんどくさい相手に、元気ありあまってる時に当たれるってのは、最高にラッキーだぞ。楽しく野球してこい！」

「監督の言う通りだ。今当たれるのは幸運だ。クジをひいた俺に感謝して、それぞれしっかり自分の仕事をするように！」

便乗する笛吹《ふえふき》に、笑いが起きる。

「そりゃふっきーだろー。今まで打たなかったのって、今日ぶちかますための伏線だって信じてるから！」

ますます笑いが起きる。

月谷《つきたに》はほっとした。少し前なら、多分ここで厭《いや》な空気になるところだったし、そもそも軽口を叩ける場面でもなかっただろう。

実際、笛吹はずっと打撃の不調に悩んでいる。機嫌の悪い笛吹には、木島《きじま》ですら茶々《ちゃちゃ》を入れられなかった。

しかし一ヶ月ほど前、笛吹が常に纏《まと》っていた威圧するような空気が消えた。相変わらず容赦《ようしゃ》はないが、妙な力みはなくなり、時には冗談をとばすようにもなった。きっかけはみな察しているが、指摘すれば怒るにちがいないので、誰も触れなかった。

ちなみにその「きっかけ」は、初戦から全て見に来ると言っていた。彼の前ではなんとしてもデカいのを打って見せつけてやりたいという力みが打てない原因なのでは――とも皆思っているが、やはり指摘したら地の底まで落ち込むにちがいないので、黙っていた。

「しかしまあ、東明もなめてくれますよねぇ」

高津がむくれた顔で、マウンドを見やる。

東明の先発としてマウンドに立ったのは、背番号1を背負ったエースだ。木暮《こぐれ》ではない。

右投げの三年生で、春までは10番をつけていた牧野《まきの》という投手だ。長身の本格派で、ストレートの質は東明一と言われている。やや制球がアバウトになるところも含め、広栄の池端と共通点が多い。

「まー月谷も元気だせよ。ちゃんと俺らが木暮引きずりだしてやっから」

相手の投球練習を観察していた月谷に、木島が親指を立ててにやりと笑う。

「そりゃありがたいな。べつに落ち込んでないけど」

「無理すんなって。やっぱ幼なじみ対決って燃えるじゃん？　メディア的にもそこ期待してたと思うんだけど、ほんと東明は空気読めねーよなー」

「まあでも木暮より攻略しやすそうじゃないか？」

「俺ら池端ぜんぜん打てなかったけどな」

「二イニングだけだったじゃん。一巡すればなんとかなりそうだった」

わいわい騒ぐ仲間を尻目に、月谷は東明ベンチをじっと見つめた。

木暮はかろうじてベンチ入りは果たした。背番号は11。だがここまでの三試合、登板したのは二戦目だけ。それも六回からの登板で、内容もあまりいいとは言えなかった。不調、怪我《けが》。さまざまな噂《うわさ》が乱れとんでいた。ネットでは、素行が悪かったらしいと勝手なことを書いている者もいた。

本人の言葉を信じるならば、怪我ではない。ただあまり調子がよくないのは事実だろう。一時はベンチ入りも危惧《きぐ》されていたぐらいだから、メンバー表に名前を見たときはほっとした。

『なんか、スプリット禁止令みたいなの書かされたんだよね。これ破ったら今度こそベンチ外って脅《おど》された。アホかっつうの』

ベンチ入り復帰を祝してLINEを送ると、口の悪い返事がきた。それは監督の親心だろ、と送ったら、ふざけたスタンプが送られてきたので、それ以来なにも言っていない。

それにしても、今日も投げないとは。三ツ木は明らかに対左のほうが成績が悪いし、今の1番もここまでの試合でそれなりに点をとられているはずなのに。

「ま、たしかに引きずり出せばいいいか」

月谷はつぶやいた。

すると、ちょうど木暮がこちらを見た。まるで聞こえているかのようなタイミングだった。

グラウンドごしに、目が合う。月谷が眼鏡《めがね》を押し上げると、にやりと笑われた。


引きずり出す、とは言ったものの、そう簡単にはいかなかった。

いざ打席に立つと、東明の新エース牧野はそうそう打てるものではない。とにかく、速い。そのうえ荒れ球なので、狙うに狙えない。

三ツ木は六回までに四死球４と安打２で三塁までは陥《おとしい》れたものの、まだ一点も取れていない。四回に二死二塁で四番という最大のチャンスがあり、笛吹が粘りまくった上にどうにかレフトに飛ばした時は球場が沸いたが、完全に笛吹用のシフトを布《し》かれていて、あっさりと捕られてしまった。

だが月谷のほうも、負けてはいない。初回、先頭打者にいきなりヒットを打たれはしたが、次をゲッツーに抑え、三番を三振《さんしん》にとり、球場を沸かせた。その後は時々ヒットをゆるすものの、三塁までは踏ませていない。

昨年、一気に点を取られてしまった五回をどうにか無失点でクリアした時には、小さくガッツポーズをした。

だがその気の緩《ゆる》みが出たのか、六回はやや制球が乱れた。

一死から甘く入ったカーブを弾かれ、さらに盗塁《とうるい》を決められた。

次はみごとにセカンドゴロに打ち取った――と思ったが、ボールが思ったより転がらず捕球に手間取り、内野安打となってしまった。

さきほどから気まぐれのように降る雨が、六回に入って、勢いを増してきた。五回の後に整備は入ったものの、土が重い。マウンドの感触も重いせいで、いつもより疲労がたまるのが早い。

中学時代に壊した膝が、熱をもちはじめたのがわかる。膝まわりの筋肉強化にはより気を遣ってきたから、今まで試合中に痛んだことはない。

しかしこの夏ほど連投したことは初めてだったし、相手は東明、そしてこのグラウンドだ。無理もない。

(タイムが欲しい)

そう思ったまさにその時、タイムが入る。一年生の伝令が走ってくるのを見て、ほっとした。

「スクイズ警戒。ここは絶対に抑えろと」

集まった内野に伝令が伝えると、笛吹がふん、と鼻を鳴らした。

「監督もわかってきたじゃん。ここで、〝一点はしょうがない、アウト優先で〟とか言ったら殴《なぐ》るところだわ」

「それもありかなと言ってましたが、三塁ランナーあんまり足が速くないみたいなので」

伝令の言葉に、笛吹は舌打ちした。

「ありなのかよ……。東明に先制点とられたらほぼ絶望だろうが。まあいい、たしかに三塁ランナー、そこまで速くねーし。そこまで怖がることもないけど、里山《さとやま》と梅谷《うめたに》、注意な」

一塁手の二年生と梅谷が緊張の面持《おもも》ちで頷《うなず》いた。

「おう、ここで切れば、次ピッチャーだし」

一同の視線が、ネクストバッターズサークルへと向かう。

だがそこにいるのは、長身の牧野ではない。いかにも飛ばしそうなバッターだった。

代打だ。ということは、次の回はもしかして。

東明のブルペンに目をやると、二人の投手が投げている。一人は背番号11。木暮だ。

声には出さなかったが、皆の目が輝くのがわかった。

「よし。改めて、落ち着いていこう」

高揚《こうよう》する心をみずから宥《なだ》めるように、笛吹が言った。

「五回越えて東明に一点もとられてないのなんて、うちだけだ。互角なんだ。呑まれなきゃいける。そして抑えた後には必ずチャンスが来る」

主将の言葉に、一同は真剣な面持ちで頷いた。

解散する際に、笛吹に肩を叩かれる。

「頼むぞ、月谷」

おう、と返してマウンドの土を踏みしめる。すると今度は鈴江《すずえ》に「先輩」とひそめた声をかけられた。

「牽制《けんせい》の後はAでいいですか」

「おう」

「じゃそれで」

短いやりとりだけで、すぐに鈴江は去っていく。以前はこういう場でも硬直していることが多く、月谷のほうがよく話しかけていたが、それがなくなっただけでもだいぶ楽だ。

七番打者が、右打席に入る。

サインの通り、まず牽制を入れる。三塁ランナーは慌てて塁に戻った。

鈴江を見れば、打者の足下をちらりと見た後、軽く頷いた。踏み込もうとしていたようだ。

　味方のベンチを見る。後はお好きに、の合図だ。ちょっと笑った。「いちおう配球も勉強したけど、おまえらで考えたほうがいいと思うわ」と若杉は言っていた。これを無責任と見るか選手を信頼していると見るかは人によって分かれるだろうが、月谷としてはありがたい。

　鈴江がサインを出す。頷く。内野陣も理解しただろう。

　鈴江がわずかに外へと寄る。

　投球動作に入った瞬間、三塁ランナーがスタートを切ったのがわかった。

　球は大きく外れた。打者は案の定、踏み込んで振ってくる。が、立ち上がった鈴江のミットにボールはおさまり、打者は大きく空ぶった。

「三塁！」

　すぐさま鈴江は三塁へ送球する。淀《よど》みのない動きだった。

　しかし、外されたと見てすぐさま反転したランナーは、ぎりぎりのところで三塁に戻ることに成功した。タッチアウトにしたつもりだった梅谷は、塁審のセーフの判定に「えっ」と声をあげた。

「んなバカな、今ちゃんとタッチ――」

「オッケー！　内野集中してます、いいタイミングです！　ここからも集中！」

鈴江が声を張り上げる。梅谷ははっとした様子でグラブで口を覆《おお》い、「すみません」と塁審に小さく謝罪した。

審判を敵に回すのだけは、絶対に避けねばならない。月谷から見ても今はアウトくさかったが、間近で見ている審判がセーフだというのならそうなのだろう。多分。おそらく。これでピンチが脱せられる、という時に希望をへし折られれば、誰もが落胆《らくたん》する。カッとする。

だがそここそ、正念場《しょうねんば》。引きずられれば、次のプレーが必ず荒れる。

今のプレー間に一塁走者も二塁に進んでいる。ピンチ度は増した。

「問題ない。こいつを仕留めて、次も仕留めればいいだけだ」

月谷は自分に言い聞かせる。

再び鈴江のサインが来る。頷く。

牽制。ランナーは余裕で戻る。

サインに頷く。投げたのは、外のスライダー。次の球は待つと決めていたのか、ぴくりと動いただけだった。カウント０―２。

その次に投げたのは、高めのストレートだ。

「ぐっ！」

打者は大きくのけぞった。ボール。

(そろそろまたスクイズ来るかな)

次のサインは――チェンジアップ。

月谷は目を瞠った。おそらく、サインを見た笛吹たちも同じような表情をしているだろう。

チェンジアップか。この場面で。

この試合でも何度か投げてはいるが、決め球としては投げていないから有効だとは思う。しかし、大丈夫だろうか。

よぎりかけた不安を、振り払う。

月谷は頷いた。

以前は、同じような場面で、投げ切れなかった。だが、今日こそは。

鈴江も無茶だと思うなら、要求はしてこないはずだ。

ここまで東明を無失点で抑えているから、気が大きくなっているのかもしれない。だが、それぐらいでいい。過信は禁物だが、自信は体を自由にしてくれる。

三塁ランナーにちらりと目をやる。ふう、と息をつく。

そしてクイック気味にチェンジアップを——

（しまった！）

指がかかりすぎた。

とっさにバントの構えに切り替えていた打者の手前で、球は大きくワンバンする。

スリーバントは失敗だ。だが球が弾かれてしまった中、三塁ランナーは本塁へと突っ込んでくる。

「サード！」

誰かの声がした。その時にはもう、鈴江が素早く拾ったボールを三塁に投げているところだった。

月谷は目を瞬いた。

ランナーは三塁と本塁に挟まれ、結局は鈴江にタッチされる。わっ、と歓声があがった。

「あれ？」

本塁のカバーに入っていた月谷は、一瞬理解が遅れた。

「ナイスです月谷さん！　狙い通りの三振《さんしん》ゲッツー！」

鈴江の明るい声に、我に返る。

「いやナイスじゃないだろ、指ひっかかってワンバンに」

すると鈴江は目を丸くした。

「え？　わざとじゃないんですか？」

「え？」

二人でぽかんとして見つめ合う。やがて気まずそうに鈴江が言った。

「……てっきり、スクイズ狙いを察知して、投げた瞬間外してくれたのかと思ったんですが……」

「いや、察知はしてたけど……」

投げる瞬間にとっさに外すことができる投手も、いるにはいるらしい。しかし自分にはそこまでの感覚はない。まして故意にワンバンなど恐ろしすぎる。ランナー生還の上に振り逃げまで見えるではないか。

「そうだったんですか。てっきり、俺を信用してワンバン投げてくれたのかと」

しょんぼりと鈴江はうなだれた。

「いや信用はしてるぞ。ただ俺がそこまで器用じゃないだけで、ほらまあなんだ、結果的にうまくいったからいいじゃないか！」

「そうですね……。俺、この程度で信用してもらうとか甘かったですよね。もっとがんばります……」

「あーすっげ信用してる！　めっちゃ信じてるから！　そこでまたネガティブモードに入んなめんどくせえ！」

大歓声も耳に入らず、騒ぎながらベンチに戻ってくるバッテリーを、三ツ木の部員たちは生温かく見つめていた。

3

「選手の交代をお知らせします。ピッチャー牧野《まきの》君に代わり、木暮《こぐれ》君」

アナウンスに、球場がざわついた。

「待ってました！」「ケガなんじゃなかったのか？」

さまざまな声が降ってくる。

どんな音も耳に入らぬ様子で、木暮は堂々とした足取りでマウンドに登った。

その瞬間、東明《とうめい》守備陣の空気が引き締まったような気がする。

さきほどの牧野に比べれば、身長も高くはないが、存在感が段違いだ。

月谷《つきたに》はベンチから食い入るように木暮を見つめた。

背番号が変わろうがなんだろうが、東明のエースはまちがいなく木暮なのだ。

県大会ではもう変えようがないが、おそらく優勝して甲子園《こうしえん》に行けば、また1番に戻っているだろう。

その姿を見たい気持ちはあるが、そうさせるわけにはいかない。

「予定通り木暮が出てきた。三年生にとっちゃ、去年の雪辱《せつじょく》戦だな」

円陣を組む部員の前で、若杉が言った。

「今年は、胸を借りるつもりでとは言わん。去年だって四回までは、もしかしたらって空気があったんだ。あれから一年、どこにも負けない練習してきた。木暮を打てないはずがない。勝てないはずがない。それは、ここまで戦ってきて、おまえたちが一番よくわかってるはずだ」

重々しく語った後で、一転、破顔《はがん》する。

「しかも木暮のことは皆でめちゃくちゃ研究したしな！　牧野ひっこめてくれて助かったわ。ここから攻めてけ！」

「はい！」

監督につられて笑い、一同は手を重ねる。

「勝つぞ！」

「っしゃあ！」

主将のかけ声は、簡潔だった。そして的確だった。

木暮を打てなければ、全国には行けない。ゲームで言うなら中ボスだが、たまにいるラスボスよりたちの悪いタイプだ。

配球自体は、トリッキーなことはせず、あくまでオーソドックス。ただとにかく球に力があるので、さしこまれてしまう。

対策は練《ね》ってきたつもりだったが、やはり一年前より木暮も成長している。おかげで下位打線から始まった七回は、「球見ていくぞ」という確認もむなしく、五分以内に三者凡退と相成った。しかも全員セカンドゴロという、完全にむこうの手のひらで転がされている打ち取られかただだった。

「月谷、すまん」

初球でゴロアウトになった八番の榎本《えのもと》はかなり落ち込みつつ守備位置のライトへ走っていったが、月谷のほうは逆にスイッチが入った。

木暮がそうくるなら、こっちもここからは絶対に塁には出すまい。膝の熱も意識からとんでいた。

さすがに五分以内とはいかなかったが、八番はセンターフライ、九番はサードゴロ、そして一番はかなり粘られたが三振《さんしん》に打ち取った。

「すごいっす、月谷さん。ここにきてまた球が走ってきました」

興奮気味に鈴江が駆けてくる。

「サンキュ。あいつ三振とれたのはでかいな」

「はい、でもマウンド大丈夫ですか？　雨がけっこう……」

心配そうに、空を見上げる。

雨はさきほどよりも強くなっていた。視界が遮《さえぎ》られるほどではないが、ユニフォームはだいぶ水を吸っている。

「平気。ちょうどいいぐらい」

体が火照《ほて》っているので、冷やしてくれるのはありがたい。とはいっても、いざベンチに戻ると気持ち悪くてならないので、とりあえずアンダーウェアは着替えた。脱いだウェアは絞《しぼ》れるぐらいだったが、どこまでが汗でどこからが雨なのかはわからなかった。

＊

八回表の攻撃は、九番の鈴江《すずえ》からだった。

彼は、木暮と対戦するのはこれが初めてだ。しかし、ビデオで繰り返し投球を見てきた。埼玉最高の投手というのもあるが、月谷とタイプが似ていると言われていたためだ。数え切れないぐらい見た。初球の入り。変化球の曲がり方。左右の攻め方。ランナーを背負った時の見事なクイック。

全てが完全に頭に入っている。

そして今日ずっと球を受けてきて、月谷の投球はたしかに木暮に強い影響を受けていると感じた。

こうして対戦してみると、やはり単純な球の力は、木暮のほうが上回っている。速ければいいというものではないが、最初に外角甘めに放られたストレートは圧倒的に速い。

じっくり見ようにも、右打者の鈴江のもとへ切り込んでくるクロスファイヤーなど放られたら、手の出しようもない。ベンチから見ていても恐ろしいキレをもつスライダーも、自分の技術ではカットも厳しい。

彼の武器であるこれらを決め球として放られたら、お手あげだ。

だが、東明のキャッチャーは、相手があからさまに格下の時は、違う配球をする。

試合全体を考えた時、下位打線相手に力を抜くのは当たり前だ。でなければ連投などもたない。とはいえ今日の月谷には、手を抜かせてもらえる場面などほとんどなかった。相手は東明、下位打線も充分に恐ろしいのだから仕方がない。

だから、少しでも楽になってもらわなければ。

配球面では、まだまだ完全に信用してもらっているわけではない。だから、彼の負担は変わらないだろう。

ならばせめて、打つほうで役に立ちたい。女房役だというのなら、まず自分こそが突破口を開かねばならない。

少しでも楽に投げられるように。そしていつか、胸を張ってバッテリーだと言えるように。

それにはまだ、時間が足りない。こんなところで負けている場合ではない。

埼玉優勝まで、この試合を含めてあと四試合。それでも足りない。

甲子園に行って全国の強豪《きょうごう》と戦って、真紅の優勝旗に近づくほどの試合を経てようやく、自分たちは本物のバッテリーになれる。

「とにかく、試合をこなすことだ。逸《そ》らしても、負けても、それでもずっと月谷と組んで試合に出るんだ。バッテリーは、試合をこなすことでしか、育たないと思う」

深刻なスランプに悩んでいた鈴江に、中村《なかむら》は言った。

「鈴江が不調に苦しんでるように、月谷も思うように投げられない日もある。その時はおまえが助けなきゃいけない。だから今は、おまえは月谷に助けられていいんだよ。いまは負い目ばっかり感じてキツいだろうが、あいつだって結構ワンバンしてくるし、まあ数をこなせばもうどっちの借りが多いかわからなくなってノーカンになるから」

まあ俺は、借金返す前に卒業しちゃったんだけど、と中村は恥ずかしそうに苦笑した。

「おまえたちには時間がある。勝ち続けるかぎり、時間は続くんだ。それが許されている、いいチームだ。だから、受け続けろ。ミット構えんの、絶対にやめたらダメだ。今吐きそうになりながら月谷の球受けてんの、絶対に役に立つ日がくるから」

はい。わかりました。

あの時はただ、そう繰り返していた気がする。ちっともわかってなんかいなかったが、中村が心から言ってくれているのは知っていたから、ただ頷《うなず》いた。

だが今、ようやく少しはわかった。

たしかに、諦めたらダメだ。あの時、どうしても捕れないチェンジアップや低めの球を、繰り返し受け続けて、時にはビデオにとってスローモーションで軌道を確認して、タイミングを何度もはかって——ああ、そうだ。もう夢に見るぐらい、目で、体で覚えて、本当によかった。

（ストレートもスライダーも俺には厳しい。でも……）

バットをもつ手に力をこめる。

東明バッテリーは、自分にはこれで勝負をしかけてこない。

だが、初球のストレートと同じフォーム。これは——

（けど、チェンジアップは月谷さんの方が圧倒的に上だ！）

ふっ、と球がやわらかく落ちる。

下位打線への攻めパターンその1だ。まず外角高めにストレートを見せて、チェンジアップで空振《からぶ》りを誘ってくる。

ストレートだと思えばたしかにあっさり空振るだろう。だが、わかっていれば、普通のチェンジアップはただのゆるく落下する変化球だ。

月谷のものとはちがう。こういう緩《ゆる》いものもまぜてはくるが、フォークのような落ち方をする抜群《ばつぐん》のキレをもつほうが厄介《やっかい》だ。

ずっと苦しめられてきた。だからこの程度はなんともない。最初から準備して、逆方向を意識して、ただバットに乗せるように振り抜けばいい！

完璧《かんぺき》なタイミングだった。

中学から野球を始めて、これほど気持ちのいいミートがあっただろうか。バットと完全に一体化して、全身の神経という神経が震えて歓喜する。

「うっそ」

背後でキャッチャーの茫然《ぼうぜん》とした声が聞こえた。

それはあっというまに、歓声に呑み込まれた。

軽く打ったつもりだったが、ボールはライト方向へぐんぐん伸びていく。

切れないでくれ。長打になってくれ。全身全霊で祈りつつ一塁に向かって走っていた鈴江は、次の瞬間、目を見開いた。

ボールは切れず、それどころか失速もせず、そのままフェンスの向こうに飛び込んだ。

「うっそ」

東明のキャッチャーと同じ言葉が口から零《こぼ》れた。

走りながら、軽く頬《ほお》をつねった。痛くない。やっぱり。これは夢だ。

鈴江は今まで、試合でホームランを打ったことがない。そもそも打撃はあまり得意ではなかった。

そんな自分が、よりにもよって東明戦で打てるはずがない。いい夢だな、と思いながらダイヤモンドを回っていると、三塁コーチャーの三島が猿のようにくしゃくしゃになった顔で跳びはねている。

「やった！　鈴江さんやった！」

「おー」

すごいリアルな夢だなあ、と思いながらホームに戻ると、ネクストバッターズサークルにいた高津に突進された。

「おまえ、マジかよ！　天才かよ！」

そこからはハイタッチの嵐だった。

「すげえええええ鈴江すげえええええ」

「えっファウルじゃなくて？」

「どうやって打った⁉」

「今の何あれカーブ？」

怒濤《どとう》の質問とともに、ハイタッチというには激しすぎる祝福が降り注ぐ。とても痛かった。つまり、どうやらこれは現実らしい。

もみくちゃにされながら、鈴江は茫然と自分の両手を見た。まだ、快《こころよ》い痺《しび》れが残っている。まるで、月谷のとびきりいい球を受けた時のような。

「鈴江」

静かな声に顔をあげる。月谷が笑って、小さく拳を握って前に出す。

「やるじゃん。最高の援護だ」

「あ、あはは、完全にまぐれですけど」

「こういうのにまぐれはねぇよ。ぜんぶ必然だ」

確信に満ちた表情で、月谷は言った。そうかもしれない。打席で頭を巡った諸々《もろもろ》の思いを噛《か》みしめ、鈴江はこつんと拳を合わせた。

「この一点、ぜったい守り切ろうな」

眼鏡《めがね》の奥の目は、爛々《らんらん》と光っている。眼鏡とったら、なんかビーム出そうだな、と思いながら、「はい」と力強く頷いた。

4

この貴重な一点を守り切ろうとバッテリーは盛り上がっていたが、野手陣は一点で終わらせるつもりは毛頭なかった。

九番打者にホームランを打たれた動揺《どうよう》か、制球を乱した木暮《こぐれ》の隙《すき》を見逃さず、高津は粘りまくって四球を選んだ。スライダーは捨てろと言われていたが、そのスライダーがことごとく外れてくれたのが助かった。

そして二番の梅谷が、初球でバントを決めて一死二塁。チームで一番バントを練習してきた成果をここぞという時に示して、梅谷はベンチでハイタッチで迎えられた。

そして三番、木島《きじま》の打席。初球はストライクだったが、二、三球目と外れた。鈴江《すずえ》のホームランが効いているのか、チェンジアップは甘いところにはもう絶対に投げてこない。

四球目はスライダー。空振りストライク。

その合間に、ちょこちょこと牽制《けんせい》が飛んでくる。そのたびに滑りこむため、高津のユニフォームが泥だらけになった。顔まで黒い。不快というより、全身が重くなった。

木島が3—2に追い込まれたところで、ベンチからサインが来た。

(ランエンドヒットかよぉ)

レフトを守る高津は、足が速い。肩は強くないし、守備もお世辞《せじ》にもうまくはなく、打撃もそこそこ。ただ、足だけは誰にも負けない自信はある。

しかしここで三盗とは。たしかに相手バッテリーにはまだ動揺が見えるし、ここで盗めればさらに揺さぶれる。しかし木暮は左だしクイックもうまく、キャッチャーは強肩だ。

また牽制が飛んでくる。今度は頭から泥をかぶった。口の中に入り、ぺっと吐き出す。

(いや、無理。これは盗めませんて)

顔を拭《ぬぐ》い、ベンチにサインを送ろうとした高津は、はっとした。

ネクストバッターズサークルにいる四番・笛吹《ふえふき》と目が合った。雨で暗く、そしてメットをかぶっているからはっきりとは見えないが、睨《にら》まれているのはわかる。

（なんだよ、いっつも俺ばっか）

雨に濡れて冷えてきた体に、怒りがわき起こる。去年の秋の公式戦で接触し、笛吹が脳《のう》震盪《しんとう》をおこして退場となってからというもの、目の敵《かたき》にされてきた。

だがそもそもあれは、レフトまで大きく入り込んできた笛吹が悪いのだ。なのにずっと、一歩目が遅いだの、打球判断が悪いだの、とにかくケチをつけられ続けた。

「おまえ、すぐ諦めるのやめろ。そんだけいい足もってんだから、間に合うんだよ。途中で勝手に判断してやめんな」

そう言って、ずっとずっと走らされた。しょうもないノックも延々と受けさせられた。

「打つほうだって、転がせばおまえの足ならセーフになる。もっと必死に走れ」

筋トレもよく一緒にやらされたし、走り込みも他の人間より多かった。投手並みだったと思う。

本当に、頭にくる。むっとして目を逸《そ》らし、ベンチのほうを見た。

仲間が必死に応援している中、若杉は笑顔で試合を見ている。そしてもう一度サインを出した。

こっちが合図を出す前に、ダメ押しのランエンドヒット。気軽に言ってくれるが、たとえ木島が三振《さんしん》になってもここで勝負をかけて共倒れになるよりもおとなしくしていたほうがいいではないか。どうせ次は笛吹なのだから。

(あ、ダメだ、あの人いま打撃死んでた)

そうか、だからか。そう思うと、少し気分がよくなった。

だが、果たして盗めるだろうか?

「0.7」

無意識のうちに、つぶやいていた。

東明の野手が、怪訝《けげん》そうにこちらを見るのを感じたが、気にもとめなかった。


あれは、一ヶ月ほど前だったか。

「0.7秒だ」

若杉《わかすぎ》は一同を見回して言った。

打撃が得意とは言えないチームにとって、数少ないチャンスをものにしていくには、機動力は欠かせない。大会まで一ヶ月を切った時点で、どの打順からでも走れるよう練習メニューでも多く時間を割いていたが、ある日若杉が言った。

「塁上のランナーをチラ見して静止してから、ピッチャーが牽制してくるまでが0.7秒。

投球の場合は1．5秒だそうだ。だから0．7秒でスタートすれば、牽制アウトにもならないし、盗める確率もあがるんじゃないか？」

監督の言葉に、部員たちは当惑したように顔を見合わせた。

「そんな単純なもんっすか？」

一同を代表して木島が疑問を呈すると、若杉は笑った。

「単純だろう。よくバッテリーの癖《くせ》を見抜けって言うけど、ぶっちゃけ難しいだろ。なら、平均的な数字を基準にすればいい。数字は嘘つかないぞ」

「牽制まで0．7、投球までが1．5。残り0．8の差は投手はどうしてるんですか。0．7で走り出しても対応されたら意味ないじゃないですか」

アホらしいと言いたげに笛吹が尋ねると、若杉は「月谷、どうなんだ？」と投手に水を向けた。月谷は面食らった顔をしたが、律儀《りちぎ》に答える。

「さすがにカウントしたことはありませんが……まあ、投球動作までの半分ぐらいって考えるなら、まだ体は動いてないけど心は完全に投げに入ってる状態ですね」

「なら、うしろで走られても全《まっ》く反応はできないな」

「もちろん」

「じゃ、大丈夫だな。ま、これ、草野球やってる友人がやってるやつなんだけどな。結構いいらしいぞ。試しに0．7秒の感覚、身につけてみたらどうだ」

かくしてストップウォッチを手にしたマネージャー監視のもと、コンマ7秒の世界を必死に走った。最初は無謀すぎると誰もが思ったし、実際全くできなかったが、毎日バカみたいに走っているうちに、なんとなくタイミングがつかめてきた——ような気がした。

「わっすごい、今0．7ジャストだった」

瀬川が大喜びで最初にストップウォッチを掲《かか》げてみせたのは、たしか自分が最初だった。0．7。

成功率が一番高いのは、たしかに自分。ここで自分がやらねば、誰がやるのか。

それにいくらクイックが速いといっても、左投手にとって二塁ランナーは死角。一塁から盗むよりは、やさしいかもしれない。

ああ、全身にまとわりつく泥が鬱陶《うっとう》しい。泥のようにへばりつく視線がうっとうしい。

——すぐ諦めんな。おまえ以外に誰が出来るんだ。

唇を嚙《か》みしめる。

うるさい。俺はただ、楽しければいいんだ。無謀なチャレンジとかしたくない。失敗するに決まってる。

俺はあんたとはちがう。甲子園《こうしえん》とかどうでもいい。

あんたとはちがうんだ。なんでも簡単にできないんだ。そこまでいけないんだ。だから期待なんて意味がない。

あんたとはちがう。やっぱりムダだったたって失望されるに決まっている。ならいっそ、放っておいてくれ。

木暮がちらりとこちらを見る。そして静止する。

０．７秒。

「——くそがぁ！」

泥を跳ね上げ、走る。土が重い。視線が重い。期待が重い。

だからなんだ、俺は０．７秒で飛び出した。全て振り切ってとんできた。これでダメなら、それはもうサインを出した監督が悪いんだ！

息が詰まる。凄《すさ》まじい勢いで跳ね上がった泥をもろにかぶった。目に入ったので何も見えない。だが足にはたしかに、ベースの感触の後で、タッチが来た。

「セーフ！」

塁審の声に、跳び上がった。

「っしゃあああ、見たかコラ！」

目が見えないのでネクストバッターズサークルの方向に向かってとりあえず叫んだ。だがあまりの目の痛さにすぐにそれどころではなくなった。

コーチャーにタオルと水をもってきてもらうまで、しばらく高津はその場で悶絶《もんぜつ》していた。だが痛みに泣きながらも、認めざるを得なかった。

小学生のころからずっと野球をやってきて、今この瞬間が一番楽しいと。

5

高津《たかつ》の三盗を助けるべく派手に空振《からぶ》った木島《きじま》は、三振となった。

役目を終えてベンチに戻る時、すれ違いざま笛吹《ふえふき》に耳打ちする。

「高津を必ず還《かえ》してやれよ」

笛吹は無言で頷《うなず》き、打席に入った。

「ふっきー、リラックス！」

「気楽に気楽に。けっこう甘いとこくるよ、ふっきー好きなとこー！」

ベンチからは賑《にぎ》やかな声が聞こえる。

そしてスタンドからは、アフリカン・シンフォニー。笛吹専用の曲らしい。

まったく、笑える。なんてお約束な高校野球の光景なのか。まさか自分がこんなところで、泥だらけになって必死にあがいているなんて、一年前までは考えもしなかった。

主将をやると決めた時には、歴史に残るチームにしようと決めた。三ツ木《みつき》史上最強の、そして悪名高いチームに。辺鄙《へんぴ》な場所の、なんの特色もないつまらない高校で、時代遅れの夢を本気で追ったとびきり頭の悪い世代。しごきにしごいて、二度とそんな夢なんて見たくないと思うぐらいに。

練習すればするほど、自分と部員の差は明白になった。そうなることは目に見えていたから、次々倒れる彼らを容赦《ようしゃ》なくあおり立てた。欲をかかなければ辛《つら》い思いをしなくて済んだはずなのに、それほどに甲子園《こうしえん》という言葉に魔力があるというのなら、徹底して思い知ればいい。

それはたぶん、復讐《ふくしゅう》のようなものだったのだろう。中学時代に自分を使いつぶそうとした者たちに、そして高校で自分を切り捨てた者たちに。

やめたいならやめればいい。俺があの時あっさり切り捨てられた時みたいに、俺だって切り捨ててやる。俺が本気でやれば、おまえらなんて誰もついてこられない。

くだらない、子供じみた意地だ。だがその意地があればこそ、一年もった。強い不満の念も、聞こえよがしの悪口も無視できた。だが同時に、野球のことはどんどん嫌いになっていった。

あと三ヶ月。二ヶ月。一ヶ月。

チームで一番、終わりの日までを指折り数えていたのは、自分だろう。甲子園など行けるはずがないし、この東明《とうめい》戦が正真正銘《しょうしんしょうめい》Xデイだと見定めていた。

今日。全てが終わるはずだ。

どういうわけか勝っているが、東明相手にあと二回、一点だけで乗り切るのはいかに月谷でも厳しいだろう。自分がここであっさり三振でもすれば、たぶん全て終わる。そして今の自分の調子を鑑みるに、そうなる可能性が一番高かった。

三塁に目をやると、黒子並みに真っ黒な高津が、リードをとっている。凄まじい気迫だ。いや、ほとんど殺気だ。ここで打たなかったら殺すと全身で訴えている。

ベンチを見る。

指示はセイフティスクイズ。まあ、そうだろう。なにしろ安打が一本も出ていないのだから実際それしかない。

しかし、この重い土で果たして転がるのか。ピッチャー、ファースト、セカンドの間――いわゆる三角ゾーンに落とせればボールは止まるし確実にセーフにはなるが、少しでも手前だったらこれまた確実にアウト。

迷いつつ構えるが、木暮はまず牽制《けんせい》をした。

(高津、バレバレすぎんだろ)

無難に戻りはしたが、あの動きではもうセイフティスクイズですと言っているようなものだ。帰ったら、特訓しよう。また文句を言うだろうが、あの鳥頭は試合の直後にやらないとすぐに忘れるのだ。犬のしつけか。

同じ感想をベンチも抱いたのか、ヒッティングの指示に変わった。

それでも様子を窺《うかが》うように東明バッテリーは大きく外してきたが、笛吹も高津も動かない。さらに次も、今度は低めに大きく外す。

ずいぶんと慎重だ。敬遠ではないだろうが、別にフォアで出してもかまわないというところか。

ネクストバッターズサークルには、月谷《つきたに》が入っている。無理せず、投手相手にアウトをとれば、疲れさせられるし一石二鳥というあたりか。

大きく息をつき、バットを構える。ちらりと三塁を見て、あ、と小さく声をあげた。

木暮が投球モーションに入った。とっさにバントの構えをとる。

キン、と控えめな打球音がしたころには、高津が三塁から猛然とつっこんで来る。そちらも見ずに一塁めざして、ひたすら走った。泥に足がとられる。叩きつけるように足で蹴《け》る。

一塁ベースというのは、こんなに遠かったか。

ああ、三塁からボールが来る！

勢いよくグラウンドを蹴る。精一杯、腕を伸ばす。ほぼ顔から泥につっこみ、衝撃とともに何も見えなくなった。腕のあたりに、叩きつけるような痛みを感じる。

「セーフ！」

弾かれるように顔をあげると、一塁塁審が大きく両手を広げていた。

「っしゃあああああ！」

泥をまき散らしながら立ち上がる。ホームのほうを見ると、すでに生還した高津が荒々しい祝福を受けていた。

きっとしまりのない顔をしているにちがいない。だが、今は許してやろう。彼にしては奇跡のような反応だった。

さきほど三塁を見た時、三塁手がやや後ろに下がっていた。二球続けてぴくりとも動かなかったので、もうセイフティスクイズはないと安心したのかもしれない。笛吹は目で高津にダメ元で合図をした。そして彼はみごとにキャッチし、例の０．７秒で走り出したのだった。

「すげーじゃんふっきー！　よくとっさに転がしたな！」

一塁コーチャーズボックスに入っていた梅谷が、興奮気味にタオルを渡してきた。肘当《ひじあ》てと脛当《すねあ》てを外して渡し、とりあえず顔だけ拭く。まったく、恰好悪い。

「東明でも一瞬の隙《すき》ってのはあるんだな」

「打席でとっさに見抜いて切り替えるのがスゲーよ。やっぱふっきーはすっげーわ」

梅谷は我がことのように誇らしげに褒めあげる。ベンチからも「ふっきー！」「キャプテン！」と次々と声がかけられる。そしてスタンドからは、球場を揺るがすような「りょうま」の大コールが降ってくる。

心臓が、ぎゅっと縮こまるように痛んだ。

龍馬《りようま》。嫌いな名前だった。幼いころはむしろ自慢だったのに、中学時代に嫌いになった。野球部でずっとそう呼ばれてきたからだ。戸惑うように。嫌悪をこめて。嘲笑《ちようしよう》まじりに。

だがここで聞く自分の名は、なんと恰好《かつこう》いいのだろう。

こみあげるものを押し隠し、笛吹は手放しで賞賛してくれる友人にぎこちない笑みを向けた。

「とりあえず、つなげられてよかった」

「つないでふっきーでとるのがうちの王道だもんな。最高だわ、まさか東明から二点もとれるなんてな！」

梅谷の興奮はおさまらない。

今までさっぱり打てなかった四番に、王道とは。本当にこの連中はバカで——お人好しだと思う。

こいつらのぶんまで打たなければとがむしゃらに突っ走っていた反動が出たのか、全く打てなくなった時も、笛吹の負担を少しでも減らそうとみな必死につないでいた。

今だって、鈴江が打たなければ始まってはいなかった。そして高津が粘って四球を選んで、泥まみれになって走り回らなければ。木島が、信じて託してくれなければ、今のセイフティスクイズは出なかった。

笛吹は、ぐい、と袖口で顔を拭いた。まだまだ顔に泥が残っていて気持ちが悪い。少し熱い感触があったのは、きっと気のせいにちがいなかった。


八回表。２—０。

スコアボードで確認しても、にわかには信じがたい。

あの東明から、二点とっている。当然だと胸を張る気持ちも事実だが、頰《ほお》をつねりたくなるのも事実だった。つねるかわりに、月谷は軽く頰をはたく。

二死一塁。笛吹が、あそこで自己判断でとっさにセイフティスクイズを打つとは思わなかった。しかも、まさかのヘッドスライディング。つねづね、あれほど恰好悪いものはないとくさしていたはずなのに。だが、真っ黒な姿で一塁でリードをとる彼は、今まで見た笛吹の中で一番恰好が良かった。

ここまで繋《つな》げてきたのだ、自分で絶ちたくはない。

できればもう一点。自分のためにも。せめて、次に繋げたい。

マウンド上の木暮は、静かだった。自分が登板してからまさか二点もとられるとは思わなかっただろうが、ホームランを打たれた瞬間も、とっさにスクイズの構えをとられた時も、彼の表情は変わらなかった。

それが不気味だ。だが内心は、表面ほど穏やかではないはずだ。

そしてもうひとつ。やはり今日の——いやこの大会の木暮は調子があまりよくない。ならば付け入る隙もありそうだ。

木暮は最初にスライダーから入ってきた。自信のある球で、まずストライクをとってくる。次は中にストレート。ボール。

中外、緩急《かんきゅう》を自在に使い、じわりじわりと追い詰める。負けじと、くさい球はカットする。月谷は去年、三ツ木の中では唯一木暮からヒットを打っている。それも二本。

自慢ではないが、木暮景《けい》という投手に関しては日本で三本の指に入るマニアだという自信はある。配球パターンもほぼ読んでいる。

さきほどのホームランを見るかぎり、鈴江もある程度読み打ちしているようだ。なかなかに頼もしい。

笛吹がうろちょろしてプレッシャーをかけてくれるのも大変ありがたい。しかしそろそろキャプテンを着替えさせてやらないと、風邪《かぜ》をひきそうだ。

（次で決めるか）

バッテリーももうそろそろ限界だろう。

何で来るか。ストレートはタイミングが合ってきている。チェンジアップは、さきほど鈴江にホームランを打たれてから、あまり投げてはこない。シュートも多分投げてはこない。

としたら、やはり伝家の宝刀スライダーか。

だが二回カットし、タイミングは合う――と思う。

よし、来い。狙っているとわからないようにいつも通りの場所に立つ。そして木暮の動きとともに踏み込んで――

「えっ」

ボールが目の前で、ふっと落ちた。スライダーとは明らかに違う落ち方。

バットはむなしく空を切る。すぐそばで、ボールがミットにおさまる音がした。自分がマウンドにあがっている時なら最高の、打席で聞くには最悪の音。

振り返ってミットを見る。ややインコース寄りの低め。

「今の落ち方……」

思わずつぶやくと、キャッチャーがマスクをとってにやりと笑った。

「スプリット」

6

空振《からぶ》り三振《さんしん》で終わった八回表の裏は、見逃し三振で始まった。

だが、さんざん粘られた。次の打者も粘りに粘ってレフトフライ。三人目にはきれいなセンター返しを打たれた。

だがその次、お返しとばかりにチェンジアップで三振を取り、どうにかチェンジとなった。鈴江《すずえ》が危なげなく捕球していたのは助かったが、この一イニングで十五分以上も粘られた。

後半に来てからの、この驚異の粘り。強豪《きょうごう》ならではだなと思う。

おかげで月谷の疲労は深かった。雨は止んだが土は重く、膝は今やごまかしようのない痛みを感じる。耐えられないほどではないが、無意識に庇うのか、どうもさきほどのイニングからバランスが少しくるっている気がする。

ずっと集中していたせいか、頭がぼんやりする。ベンチに戻り、ドリンクを一気に飲むと少しクリアになったが、かわりに疲労も濃くなった。

九回表、このまま順調にいけば三ツ木《みつき》最後の攻撃である。だが応援する気力がなく、月谷《つきたに》はタオルをかぶってベンチ後方にひっこんでいた。文句を言う者はいなかった。

ベンチ前に鈴なりになっている仲間の合間から、マウンドを見る。

木暮《こぐれ》続投のようだった。

（スプリット投げたらベンチ外ってのはなんだったたんだよ）

監督の気が変わったか、それともブラフか。いずれにしても、この試合で、いやこの大会で木暮がスプリットを投げたのは、あれが最初だ。

だがそれで吹っ切れたのかどうかは知らないが、このイニングでは決め球としてどんどん使ってくる。これには全く歯が立たず、次々と三振に倒れた。

監督がスプリットを禁止したのは、彼の将来を案じてのことだろう。広栄《こうえい》の池端などは

「うちはスライダー以外は基本禁止だよー」と言っていたし、高校生のうちから多様な変化球を投げさせるのをよしとしない監督は少なからずいる。

実際、木暮は肘を痛めたし、負担はかかるのだろう。

「甲子園《こうしえん》で優勝しないといと思っていたが、よくわからなくなった」と彼は言っていた。同時に、いずれプロに行くことは揺るがないと。

プロが最終目的ならば、いま監督に逆らい、より負担をかけるスプリットを投げる必要はない。そもそもは真紅の大優勝旗への近道として習得したものなのだ。

だからきっと彼は、この夏はもうスプリットは投げないだろうと思っていた。甲子園優勝よりも自分の夢のほうが大事。将来は長い。「自己中」である彼ならば、きっとそういう合理的な選択をするだろうと思い込んでいた。

だが彼は、これからも使うつもりなのだ。そして甲子園で勝つつもりだ。もしそれで肘が壊れても。リスクは承知で、優勝を望んでいるのだ。

マウンドから放たれるのは、強烈な思い。俺がこんなところで終われるものか。王者がここで伏してなるものか。天を衝《つ》くような気概《きがい》。

足下から這《は》い上るような震えを感じた。恐怖か。武者震いか。

疲労が癒《い》える間もなく、九回表はあっさり終わってしまった。

「ここ、しっかり守っていくぞ！　今まで通りやれば大丈夫だ！」

再び円陣が組まれ、笛吹が発破《はっぱ》をかける。あと一回、と浮つきかけた気持ちを引き締め、最後の守備へと向かう。

「月谷」

グラブを手に走りだそうとした月谷を、呼び止める声があった。振り向くと、監督が微笑んでいた。

「大丈夫か？」

「はい」

「そうか。楽しんでこいよ」

ぐっ、と親指をたてるのを見て、同じように指を跳ね上げ、マウンドへ走った。

足が重い。楽しむどころではないが、ここ一回だけはなんとしても乗り切らねばならない。

打順は八番。木暮からだ。

左打席に入り、こちらを見る顔は、なにを考えているのかわからない。だがそれはお互いさまだろう。月谷もマウンドやグラウンドでは無表情だと言われるのだから。思えばそれも、木暮を真似《まね》ていたのかもしれない。

今まで、彼を目標にやってきた。だが今日こそ、木暮を超える。

引導を渡すつもりで、精一杯のストレートを投げた。

しかし投げた瞬間、しまったと思った。高さが中途半端だ。そしてあのゾーンはまちがいなく、木暮の好きな場所だ。

「いった！」

東明《とうめい》のベンチが今にも飛び出しかねない大騒ぎだ。慌てて振り向くと、ぎりぎりフェンスを越えてはいなかったが、直撃した。華やかなヒッティングマーチとともに、木暮が悠々と二塁に到達する。

「木暮さん、バッティングもいいんですねえ」

マウンドに駆け寄ってきた鈴江が、感心したように言った。

「今甘かったな。悪い」

「いえ。入ってないですし、ここからです。切り替えていきましょう」

明るい笑顔で励《はげ》まし、鈴江は帰っていった。そうだ、一点ぐらいどうということはない。むしろこれで、目が覚めた。重い体に、活が入ったようなものだ。

次の打者は、焦らずじっくり攻める。緩《ゆる》いチェンジアップをひっかけさせて、セカンドゴロに仕留めた。

――と思ったら、ゴロが止まった。水気を含んだ土がやわらかく受け止めてしまう。慌てて摑んで一塁に投げるが、打者は一塁上を駆け抜けた後だった。木暮は三塁に進んでいる。

「ドンマイ！　余裕もっていけ！」

「こっち寄越していいぞ！　まずアウト一つもらうべ！」

「一点ぐらいかまわんかまわん！」

次々と野手から声をかけられる。

ランナーを背負っている。まだノーアウト。そう思った途端、体がまた重くなった。膝が痛い。できればさきほどテーピングをしたかったが、時間がなかった。

とにかくあとアウト三つ。なんとかもってほしい。

「勝つ」

低く唱え、打者に相対する。バットを寝かせ気味に構える打者だ。今までのイニングも顧《かえり》みて、基本ストレート狙い。高めと内角は得意で当ててくる。

ゲッツーが欲しいが、今、このタイプのゴロは少し怖い。ひとまず一人、確実にアウトを取る。ここは三振を狙っていくべきだろう。

自信のあるチェンジアップから入る。みごとに空振《からぶ》る。やはりストレート狙いだ。

外角外してスライダー。悠然《ゆうぜん》と見送りボール。

次はほぼ同じ場所にストレート。振ってくる。

そして最後、チェンジアップ。もう逸《そ》らされる心配は全《まった》くしていない。もう一度、思い切り振ってくれ。触れずともボールとなってカウントが2―2となるだけ。だができれば、ここで切ってしまいたい。

重い体から力を振り絞《しぼ》り、球にこめる。

「あっ」

声と、金属音が重なった。

灰色の世界を切り裂くように、白球が飛ぶ。それはさきほど鈴江が見せてくれた奇跡そのもの。

月谷の祈りをこめた白球は、悪夢のように残酷に、レフトのフェンスを越えていった。

終章

夏のひところに比べると、日はずいぶん短くなった。

十月も終わりに近づき、六時近くともなればもう外はほぼ真っ暗だ。

「やっぱ暗くなるの早いよなぁ。おかげで夜がやたら長くて、逆に何していいか困る」

街灯に照らされた道をだらだらと歩きながら、木島《きじま》がぼやく。

「いやおまえは予備校あるだろ。勉強しろよ、受験組」

月谷《つきたに》がすかさずつっこむと、木島はものすごく厭そうな顔をした。

「予備校とかマジでだるいんですけど。練習してたほうが断然マシ」

「おまえ、三年の中で一番練習に文句言ってたけどな」

「でもさー、練習はしただけとりあえず結果でたけど、勉強は全然ダメだからつまんねーわ」

木島のぼやきは止まらない。いつも勉強がだるいと言っているが、今日はことにひどかった。

（まあ、無理もないかな）

月谷は、横を歩く小柄な同級生を見やった。どことなく、おもちゃをとりあげられた子供のような顔をしている。

あの夏から、すでに三ヶ月が経とうとしている。

東明《とうめい》に逆転負けを喫した翌日、月谷たち三年生は野球部から引退した。夏休みには時々手伝いに顔を出してはいたし、秋の公式戦にも応援に出向いたが、新チームが県大会初戦で戸城《としろ》に大敗してからはなかなか足を運ぶ機会がなかった。

新主将になった高津《たかつ》が、「今日は恥ずかしい姿を見せてすみません。でも必ず来年には、先輩たちに追いついてみせます」と涙をこらえて頭を下げた姿を見てから、なんとなく行きにくくなってしまったということもある。

しかし今日は久しぶりに顔を出した。

ただ単に、そんな気分だったというだけで、ふらりとグラウンドによってみたら、先客がいた。それが木島だった。

彼はジャージを着てグラブまではめて、内野守備練習の手伝いをしていた。予備校はどうした、とあきれて尋ねたら、「いやなんか落ち着かなくて」と苦笑が返ってきた。

落ち着かない。自分とまったく一緒だった。

今日は、ドラフト会議がある。もちろん月谷たちには関係がないイベントだが、全くの無縁とも言い切れない。

なにしろ、夏を戦ったライバルたちが、候補に多く入っている。

負けた直後は完全に虚脱状態で、その後の県大会はもちろん甲子園も全く見なかったが、灼熱の季節が過ぎるころには空気とともに頭も冷えて、動向が気になりだした。

そしてドラフト当日を迎えた今日、なんとなく朝から落ち着かず、授業が終わってもまっすぐ帰る気になれず、グラウンドに足が向いた。

後輩たちは大歓迎してくれたし、監督も「勉強大丈夫かよ」と言いつつ喜んでくれたが、まさかドラフトだからだとは思っていないだろう。

月谷は少しキャッチボールをした程度だったが、気持ちは落ち着くどころか、よけいにやかましくざわめきだした。

全体練習の休憩に入ったところで別れの挨拶をして、先に帰ってきたが、気持ちばかりか体もざわめきっぱなしだ。なぜここで帰るのか。まだまだやれるじゃないか。

つい数ヶ月前まで、極限までいじめ抜かれていた筋肉が、物足りないと叫ぶ。心も叫ぶ。

夜が長い。木島の言う通りだ。

以前は、練習を終えて帰宅し、家で自主トレとジョギングをしたらもう限界だった。ベッドにダイブ、次の瞬間は朝だ。

今はいつまでも朝が来ない。これが普通のはずなのに、落ち着かない。

ぶらぶらと歩いているうちに、古びたマンションの前に出た。セキュリティも何もあったものではないロビーを抜けて、エレベーターで三階に出る。目当ての部屋のインターホンを押すと、「はい」と不機嫌そうな声が聞こえた。

「ふっきー、俺俺。ムンバレも一緒ー」

しばしの間があって、扉が開いた。うんざりした様子の笛吹《ふえふき》が顔を出す。

「あいつら菓子食い尽くしやがったわ。もうなんもねーぞ」

「マジか。いちおう買ってきたけど」

木島と月谷がコンビニの袋を掲げると、笛吹の表情が和らいだ。

玄関にいても、リビングでの騒ぎが聞こえてくる。梅谷《うめたに》と榎本《えのもと》だ。

「今どう?」

「三巡目終わった。まだ木暮《こぐれ》でてねーぞ。ったく、こんなことで集まるんじゃねーよ」

廊下を歩く笛吹は、面倒くさくてたまらないといった様子でぼやいた。

その後ろに続き、月谷と木島は顔を見合わせて苦笑した。

二人は進学だが、笛吹、梅谷、榎本の三人はすでに就職先が決まっている。進路が違うので、普段は自然と分かれて行動することが多くなり、今日もたしかバイトだとかでみな早く帰ったはずだが、練習の最中にLINEが来て、なぜか三人とも笛吹の家にいるという。

彼らもまた、なんとなく落ち着かなかったのだろう。

夏に一度消えた熱は、こうして思いがけなく、ときどき現れては彼らを戸惑わせる。

「おー来たかー」

「練習してきたってマジ？　あいつら少しはマシになってたん？」

リビングでは、梅谷と榎本がテレビの前に陣取り、にぎやかに二人を出迎えた。

「頑張ってたよ。高津がなんかミニふっきーみたいになってた」

木島の言葉に、梅谷が爆笑する。

「マジか！　あいつ、あんなにふっきーに逆らいまくってたのに」

「いやーあれは憧れの裏返しってやつよ。俺はちゃんと見抜いてた。あれふっきーと中身一緒、ツンデレ同士」

「誰がツンデレだ。おまえら菓子のカスちゃんと拾えよ、きたねーだろ！」

わめく就職組を横に、月谷はダイニングの椅子に腰を下ろした。テレビの画面にはドラフト会議の様子が映し出されている。四巡目。知っている名前は出てこない。

「たまには練習行ってやればいいじゃん」

クイックルワイパーでわざとらしく床を掃除している笛吹に、月谷は言った。笛吹の手が一瞬止まる。

「俺が行ったってしょうがねえだろ」

「なんで。待ってると思うけどなぁ」

「うざがられるだけだって」

「んなわけねーって。中村《なかむら》さんが来た時、おまえすげーほっとしてたじゃん。あれと一緒」

笛吹は目を剝《む》いた。

「はぁ!? そんなんしてねーし!」

「ツバとばすなって。あ、五巡目」

月谷はポテチの袋で顔をガードしつつ、テレビを見た。そしてある球団の番が巡ってくると、

「木暮景《けい》 東明学園」

なじみ深い名が呼ばれ、画面いっぱいに木暮の名前が表示された。皆いっせいに立ち上がる。

「うおっ木暮きた！」

「やっぱ西武《せいぶ》かー」

なぜかひとしきりハイタッチを交わし、彼らは再びそれぞれのポジションにおさまった。

「しかし五位かよ。正直もっと上かと思ってたけど」

月谷がぼやくと、笛吹が鼻を鳴らした。

「甲子園行ってなきゃこんなもんだろ」

「ケガの噂もあるしな」

榎本ももっともらしく頷く。

「まあ、まさか準決勝でコケるとは思わなかったよなぁ。俺らに勝ったんだから行ってほしかったわ」

木島が絶望した様子で、おおげさに嘆く。だが絶望したのは、手をつっこんだ容器に、もうじゃがりこが一本も残っていなかったせいかもしれない。

「たしかに。まさか、広栄《こうえい》とはなあ……」

梅谷のつぶやきに、皆しみじみと頷いた。

三ツ木《みつき》を下した東明は、その次も、そのまた次の試合も難なく勝利したが、準決勝で戸城に破れた。５－４の惜敗だった。前の試合に続いて木暮が先発したが、途中で制球を乱し大量点を取られ、後半追い上げたもののあと一点及ばなかった。

戸城は優勝したような喜びようだったが、決勝で対戦した広栄には、7－1で負けた。戸城のエースが東明戦で消耗しきっていた上に、広栄の池端《いけはた》の出来が素晴らしかった――らしい。

試合を見ていないからわからないが、広栄は甲子園では二回戦で負けた。池端はすでに早稲田《わせだ》への進学が決まっているらしい。

「はあ。なんかこれで完全に、俺らの時代終わりましたーって感じだなー」

月谷の向かい側に陣取った木島は、袋から新しいじゃがりこを取り出しつつ、寂しげにつぶやいた。

「おまえは受験が終わってから言えよ」

「それとこれとは別！　あーふっきーにはわかんないかなー。なんか虚脱感すげーの。負けた時もアレだったけど、なんか今日のはしみじみ来たわ」

「全然わかんねえわ」

笛吹はどこまでもそっけない。彼は引退後、宣言通りいっさい野球に関わってはいない。さすがに道具を捨てることまではしていないが、練習はもちろん試合の応援にも来なかった。

典型的な燃え尽き症候群だと木島たちは評していたが、月谷にはそうとは思えなかった。

「やっぱ俺、大学行っても野球やるかなぁ」

じゃがりこをポリポリ囓る合間に、木島は言った。その目はまだ続いているドラフト中継に向けられたままだった。

「マジか。もう野球は一生やらねーっつってたのに」

「……続けたい物好きなんて、月谷ぐらいかと思ってたわ」

笛吹の言葉に、皆の視線が月谷に集中する。

スーパーカップを黙々と口に運んでいた月谷は、急にじっと見つめられてむせかけた。

「なんだよ。別にいいだろ」

「いいけどドMすぎんだろ。野球やりにいきなり北海道とか、意味わかんねえわ」

「別にいいだろ。北海道メシうまいし」

「メシで決めたのかよ」

「まあ、それもある」

それは冗談だが、月谷が現時点で北海道の某大学に進学が決まっているのは事実だった。

理由は単純。その大学は野球が強い。全日本大学選手権にも代表としてよく出場している。優勝経験はまだないが、さきほど四巡目でも投手がひとり指名されていた。

強豪に進学し、プロを目指す。

それが、月谷が下した決断だった。


夏の、最後の瞬間。

渾身の球をあっさりと打ち返された時に、完全に終わったと思った。

みんなが必死につないでくれて精一杯やって、それでもここで打たれる。これが自分の限界なのだ。

これが現実。努力ではどうしようもない壁。どだい無謀な挑戦だった。

正々堂々勝負したのだから、負けてもすがすがしいだなんて、とうてい思えなかった。

悔しい。死ぬほど悔しい。それしかなかった。


だから夏の間はいっさい野球を見なかった。自分たちに打ち勝った者たちが晴れ舞台で戦っている姿を見てしまったら、たぶん嫉妬のあまりおかしくなる。そう思ったからだ。

自分でも、こんな激情に駆られるとは思わなかった。

だが木暮が甲子園に出ることなく消え、そして夏の終わりに「寄り道せずにプロに行くことに決めた」と短いLINEが来た瞬間、月谷の中で暴れまわっていた炎は消えた。

そうか。木暮も同じものを味わったのだ。

スプリットまで習得して、エースの座を失ってまで挑んだ最後の夏に破れ去ったのだ、悔しくないはずがない。

頂点にたどりつけなかった多くの者たちは、きっと同じ、悔しさのあまり眠れぬ夜を過ごした。たぶん、あの池端ですら。

だから月谷は決めた。

もう一度、彼らと勝負する。

夏はまだ終わってはいない。これから何度も、巡ってくる。そしていつか必ず、最高の舞台で勝負する。


「でもなー、なんで北海道よ。寂しくなるじゃん。都内のほうが大学いっぱいあるじゃん」

まあ遊びに行けるからいいけど、と榎本が苦笑する。

「人数多すぎるし、リーグの登録数も多いし、地方のほうが断然、全国に近い。施設もよかったし」

夏に先方から紹介を受けて見学に行ったところ、すぐに気に入った。即決したら、むしろむこうが慌てたほどだった。物好きなことに他にも声をかけてくる大学はあったし、その中には都内のそれなりの名門もあったが、月谷は慇懃《いんぎん》に断った。

「合理的っていうかなんていうか。まさか月谷がここまでガチにプロ目指すとは思わなかったよなー」

「あの時負けてなかったら、スッキリして野球もすっぱり辞めたかもしれないけどな。笛吹みたいに」

皆の目が自然と、黙々とハッピーターンを食べている笛吹に集中した。視線に気づいて、「うおっ」と椅子から転げ落ちかけた。

「なんだよみんなして」

「いやーつくづくもったいないなーって。ふっきーにもセレクションの話あったんでしょ？」

木島が水を向けると、笛吹はまたその話かと言いたげな顔をした。

「興味ねえって。俺はもう野球はこりごりだっての。一年耐えたのになんでまた地獄に舞い戻らなきゃいけないんだよ」

「いやー耐えたからこそ美しいわけよ。そんで大人になると、記憶にすごい設定盛りまくって美化百パーセントの思い出になるわけよ」

「そんなんますますいらねぇわ」

笛吹は、また新しいハッピーターンの袋を開けた。

「東明に借りを返したいとか思わないか？」

月谷が尋ねると、笛吹は首を振った。

「思わねーな。そりゃできれば勝ちたかったけど、ぶっちゃけ俺、人生であれ以上ガチで野球やれることないと思うし、だからこれ以上よけいなもんくっつけないで、潔くあそこで野球終わらせておきたいっつーか」

「あーそれはわかる」

「俺も」

「なんとなくわかる」

月谷以外の三人が次々と同意する。月谷も感覚としてはわかるような気もするが、やはりここでやめることは考えられなかった。

「ま、そういうのもかっこいいかもしんないけどさ。たぶんそのうちやりたくなるよ」

月谷の言葉に、笛吹があからさまにむっとした。

「知ったふうなこと言ってんじゃねえよ。ぜってーなんねーわ」

「ぜってーなる」

「ぜってーならない」

頑《かたく》なに言いつのる姿に、笑いがこみあげる。必死に否定しようとするその姿こそが、まだ彼の中で終わっていないなによりの証明だと気づくのは、いつのことになるのだろう。きれいに終わる必要なんかない。むりやり区切る必要なんてどこにもないのだ。

夏は、ずっとそこにある。

望むかぎり、永遠に。

※この作品はフィクションです。実在の人物・団体・事件などにはいっさい関係ありません。

集英社オレンジ文庫をお買い上げいただき、ありがとうございます。
ご意見・ご感想をお待ちしております。

● あて先
〒101-8050　東京都千代田区一ツ橋2-5-10
集英社オレンジ文庫編集部 気付
須賀しのぶ先生

夏は終わらない

雲は湧き、光あふれて

集英社
オレンジ文庫

2017年7月25日　第1刷発行

著　者　須賀しのぶ
発行者　北畠輝幸
発行所　株式会社集英社
〒101-8050東京都千代田区一ツ橋2-5-10
電話【編集部】03-3230-6352
【読者係】03-3230-6080
【販売部】03-3230-6393（書店専用）
印刷所　株式会社美松堂／中央精版印刷株式会社

※定価はカバーに表示してあります

ISBN 978-4-08-680140-9 C0193